Chère lectrice,

En ce mois de février — un joli mois pour les amoureux —, je suis sûre que vous êtes impatiente de découvrir les nouveaux romans de la collection Horizon que j'ai spécialement sélectionnés pour vous. Que vous dévaliez les pistes de ski ou que vous vous trouviez bien au chaud devant une cheminée, vous allez partir à la rencontre de héros aussi attachants qu'émouvants...

Dans *Les vacances de l'amour* (n° 2049), deuxième volet de votre série « La magie de l'amour », vous ferez la connaissance du séduisant Dr Vargas qui, alors qu'il pensait passer des vacances tranquilles, va... tomber amoureux ! Dana Taylor, elle aussi, voit ses projets contrariés lorsqu'elle apprend, contre toute attente, qu'elle est enceinte... (*Le bonheur d'être maman*, n° 2050). Sans parler de l'expérience que va faire Tanner McConnell quand son regard va croiser pour la première fois celui de Lilian Stephen, dans *Un gentleman de cœur* (n° 2051). Enfin, dans *Un papa exemplaire* (n° 2052), vous verrez comment le cœur de Michael Gallaghe................................te émotion, va chavirer...

Bonne lecture et b................

La responsable de collection

Le bonheur d'être maman

TRISH WYLIE

Le bonheur d'être maman

COLLECTION HORIZON

éditions **Harlequin**

Cet ouvrage a été publié en langue anglaise
sous le titre :
HER UNEXPECTED BABY

Traduction française de
PHILIPPE WANTIEZ

HARLEQUIN®

est une marque déposée du Groupe Harlequin
et Horizon® est une marque déposée d'Harlequin S.A.

Toute représentation ou reproduction, par quelque procédé que ce soit, constituerait
une contrefaçon sanctionnée par les articles 425 et suivants du Code pénal.
© 2004, Trish Wylie. © 2006, Traduction française : Harlequin S.A.
83-85, boulevard Vincent-Auriol, 75013 PARIS — Tél. : 01 42 16 63 63
Service Lectrices — Tél. : 01 45 82 47 47
ISBN 2-280-14467-0 — ISSN 0993-4456

Prologue

La réception de mariage battait son plein.

Dana regarda Tess fondre sur elle, une coupe de champagne à la main.

— Ma chérie, maintenant tu sais ce qu'il te reste à faire.

Dana sourit, comprenant parfaitement ce que sa sœur aînée voulait dire.

Nous y revoilà ! Lors d'un mariage, on voit souvent les familles s'immiscer dans la vie de ceux et celles qui restent encore célibataires. Maintenant que Jack, leur frère, avait finalement rencontré l'âme sœur et l'avait épousée, toute la famille Lewis — du moins, sa part féminine — allait se mettre à tourner autour d'elle comme une nuée de mouches attirées par... Mais trêve de comparaisons. Pour l'instant, il allait falloir subir les conseils avisés de sa sœur.

— Non, mais tu vas me le dire.

— Sortir. Mettre le nez en dehors de chez toi.

— Ah ! Et pour faire *quoi*, exactement ?

Tess soupira.

— Pour sortir avec des hommes, bien sûr.

— Oh, je vois.

Sa sœur Rachel, la deuxième par ordre de naissance, hocha la tête

— Parfaitement. Je suis d'accord. Au cas où tu ne t'en serais pas aperçue, tu es largement en retard. Tu ne peux pas passer toute ta vie à rénover ta maison, en attendant la ménopause.

A voir. Elle aimait sa maison. Et encore plus l'embellir. Où était l'utilité, sinon, de payer un crédit immobilier ? Le principal avantage d'être propriétaire n'était-il pas de pouvoir arranger son espace privé comme on l'entendait ?

Tess marqua son approbation aux paroles de Rachel.

— Même si les choses n'ont pas marché la première fois, cela ne signifie pas qu'il n'existe pas un homme qui te conviendrait.

— A t'entendre, on croirait que je vis en ermite.

— Je n'ai pas raison ? Quand as-tu pris le temps de sortir pour la dernière fois ?

— J'ai emmené Jess à la plage tout le mois dernier.

— Ce sont des occupations maternelles. Je voulais parler de bon temps pour toi.

— Elle veut parler de relations sexuelles, expliqua Lauren avec un hochement de tête.

Dana inspira profondément et s'enfonça dans son fauteuil.

— Pourquoi ne puis-je pas, tout simplement, vivre seule et être heureuse ?

— Parce que tu n'es *pas* heureuse, répliqua Tess.

— Qu'est-ce qui vous fait croire cela ?

— C'est évident, voyons.

— Qu'est-ce qui est évident, madame Je-Sais-tout ?

— Tu vois bien. Si tu étais heureuse, tu ne serais pas ainsi sur la défensive.

Dana fit un signe négatif de la tête.

— Parfois, Tess, je voudrais vraiment que tu cesses de nous materner. Je ne manque de rien, merci.

Tess avait assumé le rôle de parent à partir du jour où leur propre mère avait disparu, alors qu'elles étaient petites. Elle haussa les épaules.

— Tu as beau le nier tant et plus, il manque

quelque chose dans ta vie, nous le savons toutes. Et toi aussi, au plus profond de toi-même. Chaque jour que tu passes sans tenter ta chance contribue à rendre ta vie encore plus vide.

— Ma vie n'est pas vide ! J'ai une fille, répliqua Dana.

Son regard parcourut la pièce avant de s'arrêter avec orgueil sur sa fille.

Jess, dix ans, habillée d'une tenue décontractée style hippie, était en train de pouffer avec ses cousins. C'était *son* enfant, l'être pour qui elle se levait le matin pour aller travailler jusqu'au soir. Elle était mère, ce qui constituait à ses yeux la plus belle aventure du monde.

— Nous n'avons pas besoin d'un autre mariage manqué.

— Il ne s'agit pas nécessairement de chercher un autre mari, précisa Rachel. Mais cela ne te ferait pas de mal de trouver quelqu'un avec qui — elle sourit — *passer du temps*.

Dana lui opposa un air dubitatif. Ce n'était pas qu'elle ne croyait pas à l'amour ou à la passion. Ces choses arrivaient simplement dans la vie des autres, c'est tout. Elle avait voulu tout cela pour elle-même, longtemps auparavant. La dure

10

réalité l'avait détrompée en lui infligeant assez de douleur.

— Vous voulez que je trouve un homme avec qui coucher, c'est ça ?

Plusieurs réponses contradictoires s'élevèrent. Ce fut la voix de Tess qui domina les autres.

— Et pourquoi pas ? Une simple aventure te ferait le plus grand bien. Tu nous donnes l'impression de t'être renfermée. Cela nous inquiète. Et c'est tellement dommage !

— Exactement, renchérit Rachel. Tu te coupes du monde, Dana. Essaie de te donner du temps à *toi*. Une relation passagère, si tu préfères, mais qui soit au moins l'occasion d'éprouver des sensations, de te sentir pleinement femme de nouveau, et pas uniquement mère de famille ! Tu as la beauté, l'intelligence, l'esprit, mais tu ne profites d'aucun de ces atouts.

Dana n'était guère impressionnée par cette accumulation de compliments. Après tout, quelle impartialité pouvait-on attendre de la part de ses propres sœurs ? Elle resta silencieuse.

Elle n'avait pas l'impression de vivre en ermite. Certes, cela avait peut-être été le cas tout de suite après son divorce, quand la douleur était si forte et omniprésente. Ensuite, elle s'était interrogée sur sa propre vie et avait admis qu'elle s'était mariée pour les mauvaises raisons, avant de conclure qu'il valait mieux qu'elle reste seule un moment.

Un moment qui se prolongeait depuis... assez longtemps.

Ses trois sœurs lui souriaient d'un air encourageant.

— Vous n'allez quand même pas me présenter une liste d'hommes censés faire de bons amants pour m'obliger à faire mon choix ?

Cette pensée la faisait frémir.

— Non, la rassura Lauren. Nous estimons simplement que tu devrais mieux accueillir la perspective de redevenir Dana — *toi*, pas seulement la mère qui travaille — l'espace de quelques nuits, de temps à autre. Lorsqu'une occasion se présente de céder au plaisir, il ne faut pas lutter contre.

— On ne te demande pas de faire la tournée des bars pour dénicher un amant, ajouta Tess.

— Seulement d'être plus ouverte, continua Rachel.

— De laisser à l'occasion quelqu'un entrer dans ta vie, renchérit Lauren.

Dana soupira. Ses sœurs étaient animées de bonnes intentions, mais elle n'était pas de ces

12

femmes que le désir sexuel attire vers des aventures sans lendemain. C'était peut-être le cas autrefois, quand elle était plus jeune, avant d'enchaîner sur une grossesse, un mariage et un divorce.

Elle soupira et hocha la tête.

— J'essayerai d'être plus ouverte si une occasion se présente, mais je ne suis pas prête à me précipiter dans une relation torride sans me soucier de sa durée ou de ses conséquences.

— Un pas à la fois.

— Cela nous rassurerait déjà.

— Nous nous faisons du souci pour toi, tu sais.

Dana comprenait ce sentiment. Chacune de ses trois sœurs avait fait un mariage heureux. Même leur frère Jack, après avoir surmonté ses appréhensions, avait trouvé celle qui se révélait être pour lui l'épouse idéale. Malgré son désenchantement personnel, elle devait reconnaître que les histoires qui finissent comme des contes de fées existaient aussi dans la réalité.

Dans son cas, hélas, les choses s'étaient passées autrement. Elle avait eu sa chance, mais cela n'avait pas marché. Il fallait qu'elle assume cet échec, qu'elle aille de l'avant et qu'elle sache trouver le contentement dans sa vie telle qu'elle était.

Néanmoins, elle se donnait beaucoup de mal dans sa vie professionnelle. Elle venait d'investir dans l'entreprise de son frère et comptait travailler très dur dans sa nouvelle situation afin de finir d'acheter sa maison. C'était pour sa fille qu'elle le faisait, au moins autant que pour elle. Elle entendait bien connaître en tant que mère la réussite qu'elle n'avait pas eue comme épouse.

Quoi qu'en pensent ses sœurs, tout bien considéré, elle ne s'en sortait pas trop mal. Sans plus, peut-être, mais cela lui suffisait.

Certes, il ne serait pas désagréable de temps en temps de se sentir complètement femme. De laisser libre cours à une sensualité venue des profondeurs de son être et d'en jouir sans aucune retenue…

Involontairement, elle se passa la langue sur les lèvres.

Par malheur, il n'y avait pas autour d'elle d'homme capable de faire s'épanouir de telles sensations. Ou peut-être y avait-il lieu de s'en réjouir, si l'on considérait les conséquences possibles ?

Son regard tomba sur Adam Donovan, l'associé de Jack, à qui incombaient, selon la coutume, la double fonction de garçon d'honneur et de témoin du marié ainsi que la charge d'accueillir les invités et de prononcer un discours. Autrefois, elle aurait été éblouie : il était grand, beau, débordant de charme… Comme l'homme qu'elle avait épousé. Quand on voyait où cela l'avait menée !

Dana soupira. Elle était au milieu d'un désert sentimental où l'oasis la plus proche était *très, très* loin. Quels que soient ses désirs personnels.

Les liaisons passionnées n'étaient pas son menu quotidien. Mais s'il s'en présentait une, quel mal y aurait-il à en profiter ?

La chance ne s'offre pas tous les jours…

1.

Six mois plus tard.

Dana regardait Adam séduire une nouvelle cliente. C'était vraiment dégoûtant. Qu'est-ce que toutes ces femmes pouvaient donc bien lui trouver ?

Adam Donovan ne manquait jamais d'impressionner chaque femme qu'il rencontrait, ce devait être un don lié à son physique plus qu'à toute autre chose. Mais il pouvait aussi se montrer charmant quand il le voulait… Il faudrait qu'elle essaye de dresser mentalement la liste de ses qualités, pour tenter d'oublier celle de ses défauts, si présente dans son esprit.

Or, comme elle tenait cette liste à jour depuis des mois, celle-ci commençait à être longue…

Bon, Adam était grand, ce qui était important.

Une femme n'aime pas qu'on ait l'air de s'adresser à sa poitrine.

Il avait également une large carrure qui donnait l'impression — fausse — qu'il consacrait du temps à l'exercice physique. Le seul sport qu'il connaissait se pratiquait probablement dans une chambre à coucher.

Il savait aussi s'habiller. Il faut dire qu'il y mettait le prix. Avec ce qu'il devait payer pour une seule chemise, elle aurait pu acheter les provisions d'une semaine pour elle et pour sa fille. A ce moment précis, il en portait une verte qui rehaussait la couleur de ses yeux. Quelle élégance !

Ses cheveux étaient blond cendré, comme ceux d'un enfant, avec une mèche qui lui retombait sur le front quand il s'inclinait pour parler à une femme. Par accident ? Sûrement pas ! Son visage aurait pu faire la couverture d'un magazine sur papier glacé, avec ces dents incroyablement blanches et égales qu'elle le soupçonnait de polir régulièrement, et ce sourire avec lequel il aurait vendu des œufs à une poule.

Ce qui était, certes, un avantage quand votre métier consistait à vendre des maisons, et à plus forte raison si celles-ci n'étaient pas encore sorties de terre !

Au fond, la liste de ses qualités n'était pas si ridicule : il possédait en bonne part une entreprise prospère, il venait d'une bonne famille, bref il incarnait le célibataire pourvu de tous les atouts. Il était fait pour plaire, et il y réussissait *vraiment* bien avec la plupart des femmes.

Cependant, elle l'aurait trouvé insupportable si leurs relations n'avaient pas été uniquement professionnelles.

Elle sentit le regard de son associé s'attarder sur elle. Sans doute était-il surpris de la voir sourire, ce qui n'était pas dans ses habitudes. En effet, elle arborait rarement cette expression au bureau avec lui…

Ils étaient différents, tout simplement. Personne n'aurait jamais prétendu qu'ils étaient faits pour une relation d'ordre affectif. Ce qui était la vérité.

Elle avait réussi à éviter Adam Donovan pendant des années, jusqu'à ce qu'elle achète des parts dans la société qu'il détenait et dirigeait avec Jack, son propre frère. Depuis cette acquisition, il semblait qu'aucune journée ne pouvait se passer sans un différend entre eux. Parfois sans véritable raison. Ou pour, véritablement, n'importe quoi.

Apparemment, elle était la seule femme à ne pas voir uniquement en Adam Donovan le plus bel homme du monde. Et elle n'avait nulle envie de changer d'avis. Cette situation lui convenait parfaitement.

Adam aurait bien voulu que Dana cesse de sourire, cela le troublait.

Dana Taylor ne souriait pas naturellement, son visage restait d'habitude réservé. Quelle était donc la raison de ce changement ? Qu'avait-elle derrière la tête ?

Alors qu'il se donnait du mal, qu'il déployait tout le charme dont il était capable pour parvenir à la signature d'un nouveau contrat, il fallait qu'elle *sourie*. Comment un homme pouvait-il travailler dans ces conditions ?

Tandis qu'il œuvrait pour convaincre M. et Mme Lamont des bienfaits du chauffage en sous-sol, Dana mijotait quelque chose. Il le sentait.

La sœur de son associé, elle-même devenue son associée, manquait vraiment de franchise à son goût.

Il avait déjà rencontré des femmes semblables, il était même sorti avec quelques-unes d'entre elles, toujours pour s'en écarter au plus vite. Mais celle-ci battait des records de duplicité.

Dana avait le don de faire changer les gens

d'avis. Ils arrivaient, bien décidés à ne pas accepter ceci ou cela, puis repartaient sans comprendre comment ils avaient pu modifier leur opinion sans s'en rendre compte. Avoir une telle partenaire était utile quand il fallait traiter avec des clients difficiles ou gagner à votre point de vue des équipes d'ouvriers, mais ce n'était pas toujours facile de partager un bureau avec elle.

Il jeta un nouveau coup d'œil en direction de la jeune femme. Toujours ce sourire.

La sueur apparut sur les paumes de ses mains : Dana allait encore lui faire avaler n'importe quoi sans même qu'il en ait conscience.

Il s'excusa un instant et laissa les Lamont étudier les plans de leur future maison.

En deux grandes enjambées, il fut devant elle.

— C'est bon, dis-moi ce qui se passe, fit-il à voix basse, d'un ton qui exigeait une réponse immédiate et discrète.

— Quelque chose ne va pas ?

— C'est à toi de me le dire.

— Je ne comprends pas, répliqua-t-elle en continuant de sourire.

— Tu souris.

— Vraiment ? s'étonna-t-elle en souriant encore plus. Y a-t-il une loi contre cela ?

— Tu ne le fais jamais.

— Mais bien sûr que si, voyons.

Et elle fit exprès de lui faire un grand sourire, artificiel et exagéré.

— Pas avec moi.

— Tu le regrettes ? demanda-t-elle innocemment.

— Pourquoi ne viens-tu pas plutôt déployer tes talents pour m'aider à vendre cette maison ? grinça-t-il, les mâchoires serrées, se retenant pour ne pas crier.

Elle haussa les épaules.

— Tu as l'air de ne pas t'en sortir trop mal.

Il scruta son visage quelques instants, les sourcils froncés.

Tout en elle était furieusement irritant. Tout, depuis son apparence extérieure impeccable, où même le moindre cheveu était à sa place, jusqu'à son sens très développé de l'organisation. L'adjectif « imperturbable » lui convenait à merveille, et c'était bien le plus agaçant.

Adam, lui, aimait bien vivre dans son petit monde désordonné. Cela lui avait toujours réussi, sans que quiconque y voie le moindre inconvénient.

Jusqu'à ce que Mademoiselle Parfaite fasse son apparition.

— Arrête de me sourire.

Elle le fixa de ses grands yeux bleus, avec une expression plutôt froide.

— Si vraiment cela te gêne…

Il secoua la tête et saisit Dana par le coude.

— Ces gens sont des clients, Dana, lui chuchota-t-il à l'oreille. Ce sont eux qui nous font vivre. Nous ne pouvons pas nous permettre de dispute devant eux. Alors, quoi que tu aies derrière la tête, *cesse d'y penser* !

Dana dégagea doucement son coude, se leva et se dirigea vers le couple, le laissant derrière elle.

Elle l'avait encore mis en colère. Bon sang, comment faisait-elle ?

Le regard de Mme Lamont s'éclaira à l'approche de la jeune femme.

— C'est une maison magnifique, Dana. Vous avez créé un intérieur merveilleux à partir des plans. Je suis si heureuse que Lucy vous ait recommandés à nous !

Lucy, la sœur de Louise Lamont, était une amie d'université des filles Lewis. L'intérieur de sa nouvelle maison avait été conçu par *Donovan et Lewis* quelques mois plus tôt.

Dana eut un sourire complice.

— Je suis contente que vous l'aimiez, Louise. Nous n'avons fait que matérialiser ce que vous avez décrit, et le résultat est aussi magnifique que vous l'espériez.

Adam sourit. Ah, c'était donc cela !

Louise Lamont n'avait jamais su ce qu'elle désirait. Elle avait changé d'avis avec chaque nouveau décorateur qu'elle consultait, à tel point que son intérieur était parti pour être une incroyable juxtaposition de styles sans goût ni unité. Puis Dana était arrivée, avec un mélange de classicisme et de lignes modernes et simples que leur cliente était persuadée avoir désiré depuis toujours ! Elle se figurait même avoir acquis le génie de la décoration !

Oui, Dana savait manipuler les gens.

Louise rayonnait.

— Lucy attend avec impatience de vous revoir à la réception des anciens de l'université. Elle ne cesse de dire à tout le monde qu'on ne peut avoir de bel intérieur qu'en s'adressant à *Donovan et Lewis*.

Dana rougit et évita de regarder son interlocutrice en face.

— Je crains de ne pas pouvoir venir à cette

réception. Nous sommes très occupés en ce moment.

Adam fronça les sourcils. Dana serait-elle embarrassée ? Intéressant !

— Oh, mais il faut venir, Dana. Tout le monde veut vous voir depuis que vous avez écrit cet article pour *La Maison irlandaise*.

Le nom du magazine faisait presque saliver Louise. A croire qu'elle ne vivait que pour y voir figurer les photos de son intérieur — et d'elle-même. Cela dépassait visiblement le confort personnel ou la joie qu'elle pourrait éprouver à vivre dans un tel décor.

— Je ne pourrai pas venir cette fois-ci, reprit Dana. Ce sera pour la prochaine fois.

C'était un mensonge.

Adam ignorait comment il l'avait deviné, mais il en était sûr, il avait pris Dana Taylor en flagrant délit de mensonge. Il devait y avoir une raison particulièrement importante à cela. Il *fallait* qu'il sache ce qui se cachait derrière ce refus. Cela pouvait valoir son pesant d'or. Comme de perturber l'imperturbable…

— Ma foi, nous ne sommes pas débordés au point de ne pas pouvoir t'accorder une soirée de liberté, Dana, intervint-il avec son sourire charmeur. Une réception ? J'aime beaucoup les réceptions — pas vous, Louise ?

Celle-ci rougit en entendant son prénom.

Dana semblait de plus en plus mal à l'aise.

Elle se retourna vers lui et lui adressa son regard qui signifiait : « Ne te mêle pas de cela. » Ce n'était pas la première fois qu'elle l'utilisait, il le comprit sans aucune ambiguïté.

— Oh si, je les adore, Adam !

Louise Lamont riait comme une fillette de dix ans, Dana avait l'impression d'entendre sa propre fille. Cela suffisait ! Elle jeta un coup d'œil à son mari, mais celui-ci était parvenu à ce stade de la vie conjugale où l'on ferme les yeux sur les débordements de son conjoint.

— Tu devrais y aller, Dana, insista Adam. Tu passerais un bon moment.

En temps normal, elle l'aurait remis à sa place d'une remarque acerbe bien ajustée, suivie par plusieurs heures d'un silence pesant. Mais cette fois, c'était impossible. Elle inspira profondément et le fixa droit dans les yeux.

— Tu sais à quel point je prends mon travail au sérieux, Adam. Je n'ai *vraiment* pas le temps d'y aller.

Adam, qui avait parfaitement compris le message,

riposta par un sourire encore plus épanoui. Il avait l'air de boire du petit lait. Lui posant la main sur l'épaule, il continua à manipuler leur cliente comme pour la déstabiliser encore plus.

— Elle est si consciencieuse ! Mais je suis sûr que nous arriverons à la décider, ne croyez-vous pas, Louise ?

— Si quelqu'un peut être assez persuasif, ce sera sûrement vous !

C'était la meilleure ! Dana se força à ne pas frissonner au contact de la main qui s'attardait sur son épaule.

— Pas cette année, désolée. Peut-être l'année prochaine.

Elle tenta de changer de sujet en prenant l'un des plans et en montrant du doigt un détail.

— Comme vous le voyez, nous avons prévu une cage d'escalier ouverte, pour que le salon reçoive le plus possible de lumière…

Mme Lamont reporta son attention sur le plan, cependant Adam n'allait pas se laisser ainsi détourner de son but.

— Quand cela doit-il avoir lieu, Louise ?

— Ce week-end, mais il n'est pas trop tard pour vous inviter avec Dana. Elle avait tellement de succès quand elle était à l'université… Lucy

dit que c'est pour cela que Jim voudrait tellement — Oh, Dana, j'espère que ce n'est pas la
raison pour laquelle vous ne venez pas ! Est-ce
parce que Jim sera là ? Oh, cela pourrait être si
embarrassant !

Adam ouvrit de grands yeux.

— Jim qui ?

Dana croisa le regard de Louise Lamont quelques
instants avant de se tourner vers lui.

— Jim Taylor, mon ex-mari. Et non, ce n'est pas
la raison pour laquelle je ne viens pas, mentit-elle
sans se départir de son sourire. Je suis vraiment
très occupée. Après tout, nous ne voudrions pas
que votre projet prenne du retard par rapport au
délai fixé, n'est-ce pas ?

Cette idée sembla terrifier Louise.

— Oh, mon Dieu, sûrement pas ! J'ai déjà pris
rendez-vous avec les photographes pour la période
de Noël. N'est-ce pas, Paul ?

Son mari sembla remarquer pour la première
fois ce qui se passait autour de lui.

— Si tu le dis, chérie, c'est que tout est déjà
prévu, bien sûr. Je te fais confiance.

— Très bien, s'empressa de conclure Dana. Il faut
donc terminer ces plans le plus vite possible.

Elle lança à Adam un coup d'œil en coin

ouvertement menaçant. Il était évident qu'il aurait continué à prendre plaisir à la voir mal à l'aise, mais, cette fois, elle dut être la plus forte, car il s'avisa qu'il valait mieux cesser…

Jusqu'à ce que les Lamont soient partis depuis vingt secondes.

— Tu ne vas pas à cette réception parce que ton ex y sera ? Ce n'est pas une preuve de maturité, remarqua-t-il d'un ton sarcastique.

Dana rangea les plans des Lamont.

— Ce ne sont pas tes affaires, d'accord ?

— Sans doute pas, mais…

— La conversation aurait dû s'arrêter à « sans doute pas ». Ne te mêle pas de ce qui ne te regarde pas, c'est la meilleure règle de conduite.

— Qu'est-ce qui te préoccupe tant ? As-tu peur qu'il découvre que tu l'aimes encore, ou quelque chose de ce genre ?

Décidément, Adam n'avait pas renoncé à ses gros sabots.

— Ou peut-être ne veux-tu pas qu'il sache que tu es restée seule tout ce temps ?

Dana, qui était partie ranger les plans, s'arrêta net et se retourna, ses yeux lançant des éclairs.

— Je ne suis plus amoureuse de lui depuis

longtemps. Je suis sortie avec bien des hommes depuis mon divorce, et *rien* ne t'autorise à fourrer ton nez là-dedans !

Adam inclina légèrement la tête. Mademoiselle Parfaite se mettait en colère ? Voilà qui était nouveau.

Il réfléchit, moins vite qu'à l'accoutumée, car son esprit était envahi par une pensée qui ne lui était encore jamais venue : avec ses yeux furieux et son visage rougissant de colère, Dana était *sexy*. Il ne lui manquait plus que de cesser, enfin, de garder perpétuellement ses distances…

Il lui fallait trouver un moyen de retrouver son aplomb dans la conversation. Ce à quoi il s'employa aussitôt.

— Tu n'as pas d'homme avec qui sortir ?

Elle plaça la main sur sa hanche et laissa échapper la réponse d'un air presque méprisant.

— Quoi ?

— Pour cette réception. Tu n'as pas envie de le voir avec une autre femme alors que tu resteras solitaire, je comprends ça.

Les yeux de Dana lancèrent des éclairs. Rien ne devait être plus horripilant pour elle qu'un homme sûr de lui… et qui avait raison.

— Crois ce qu'il te plaît.

Elle se retourna, et ouvrit le tiroir où déposer les plans avec une telle force qu'elle le retira complètement. Elle laissa échapper un juron : elle détestait perdre son sang-froid.

Il y eut quelques instants de silence.

Adam réfléchit à toute vitesse alors que Dana comptait visiblement jusqu'à dix pour reprendre son calme.

C'est lui qui relança la conversation.

— Donc, je ne me trompe pas.

Elle le fusilla du regard.

— Non. Il faut toujours que tu aies raison ?

Adam perçut le sarcasme.

— Oui, la plupart du temps, convint-il avec forfanterie pour masquer le petit sentiment de culpabilité qui le chatouillait.

Dana inspira profondément.

— Maintenant que tu as compris, pouvons-nous en rester là ?

Ça, sûrement pas ! Elle aurait dû mieux le connaître, à présent.

— Pourquoi ne te trouves-tu pas un cavalier pour cette réception ?

— Cherche toi-même la raison, puisque tu as réponse à tout !

— As-tu, euh... hum... songé à *demander* ?

Elle éclata de rire.

— Non.

Elle le fixa droit dans les yeux.

— A qui serais-je censée demander ?

— Tu dois bien connaître quelqu'un.

— Avec tout le temps que je passe au travail ?

— Tu dois avoir des amies qui connaissent quelqu'un.

Elle croisa les bras et sourit.

— Personne qui conviendrait pour infliger à Jim la leçon qu'il mérite.

— Tu as besoin de quelqu'un pour le mettre en colère ?

Comme si son caractère n'y suffisait pas !

— Tu veux le rendre jaloux, ou quoi ? insista-t-il.

— Pas de la manière que tu imagines.

— De quelle façon, alors ?

— Tu ne comprendrais pas, alors pourquoi insister ?

— Explique-moi quand même. J'ai l'esprit vif, tu sais.

Ce n'était pas rien, ce que proposait Adam.

Pour Dana, il ne s'agissait de rien de moins que de dévoiler sa vie privée.

Confier à son associé des choses embarrassantes, le laisser entrer dans son intimité et prendre connaissance de secrets et de douleurs qu'elle portait depuis des années… Non, cela lui fournirait des munitions pour leur prochaine dispute. Et même s'il ne s'en servait pas tout de suite, il en garderait connaissance, le risque était trop gros. Pourtant, la revanche qu'elle imaginait était tentante…

Adam la scrutait comme s'il lisait au fond de ses yeux le débat qui se livrait en elle.

— Et si je te promettais de ne jamais utiliser contre toi ce que tu vas me confier ?

Elle fut stupéfaite. Adam Donovan faisant preuve de bons sentiments ? Et il semblait presque sincère !

— Pourquoi désires-tu savoir ?

— Je pourrais peut-être t'aider.

— Ah oui ? Comment ? Et, autre question plus importante, quel prix devrais-je payer ?

— Tout de suite les soupçons !

— Avec toi, c'est naturel.

— Je viens de t'offrir de faire la paix.

— C'est bien ce qui me paraît étrange.

— Ne pourrais-tu pas me faire confiance pour une fois ? Après tout, tu n'as jamais essayé.

Certes, elle n'avait jamais pris ce risque ! En y réfléchissant, elle aurait pu y trouver de bonnes raisons, mais elle avait eu le temps d'observer Adam et cela ne la poussait guère à lui confier des renseignements qui ne soient pas d'ordre professionnel. Et puis, depuis son divorce, elle avait appris à s'en sortir dans la vie en n'accordant sa confiance qu'à très peu de gens.

Ce qui n'excluait pas un sentiment de curiosité.

— Je vais me répéter, Adam : pourquoi veux-tu savoir ?

— Peut-être que, si tu me faisais confiance, je te rendrais la pareille.

— Quel bien cela ferait-il ?

— L'ambiance dans le travail n'en serait que meilleure. Imagine, si nous nous faisions confiance au lieu de nous chamailler sans cesse !

Elle y réfléchit un moment. Ces querelles finissaient parfois par être fatigantes, admit-elle à contrecœur. Même si elles étaient stimulantes, voire amusantes au début…

Mais pouvait-elle confier un peu, pas trop ?

Si elle le tentait cette fois, elle pourrait décider jusqu'où aller la fois suivante…

Les situations délicates exigent des mesures radicales.

— D'accord.

Les yeux d'Adam s'agrandirent, comme s'il ne s'attendait pas à une victoire aussi facile.

— Alors, qu'y a-t-il entre toi et lui ?

Elle inspira profondément.

— Je ne suis pas prête à le laisser montrer à tout le monde qu'il s'en sort mieux que moi.

— De quelle manière ?

Elle soupira.

— Par exemple, le fait qu'il y a une autre femme dans sa vie…

Adam attendait patiemment.

— Et que, d'après ce qu'on me dit de tous côtés, elle est d'une grande beauté et réussit haut la main tout ce qu'elle entreprend. Je ne vais pas lui permettre…

— De t'envoyer son triomphe à la figure ?

— Exactement.

— Alors tu veux faire jeu égal ? Ça, c'est une réaction pleine de maturité !

— Je savais que tu ne comprendrais pas.

— C'est tout le contraire : il y a autre chose que tu ne dis pas.

Elle fit une pause avant d'avouer le reste.

— Depuis qu'il nous a abandonnées, Jessica et moi, il a connu le succès. En fait, il est devenu le contraire de ce qu'il était quand nous étions mariés. Pendant ce temps-là, j'arrivais tout juste à joindre les deux bouts.

— En fin de compte, tu as fini par atteindre la réussite, toi aussi. Même si cela a pris plus longtemps.

— Oui, mais pas au même point. Je n'ai aucune intention de paraître à cette réception pour que les gens jasent sur cette pauvre Dana qui a réussi à survivre sans le merveilleux Jim.

Adam réfléchit aux paroles de Dana.

Il sentait qu'il y avait autre chose à découvrir chez Dana Taylor. Elle était plus que cette Mademoiselle Parfaite qu'il ne connaissait — ou croyait ne connaître — que trop bien, et il avait envie de savoir quoi.

Elle ne l'aimait pas trop, il le savait, et ce sentiment était réciproque, mais il pouvait être quelqu'un de bien quand il s'en donnait la peine. Et puis, s'il lui rendait service, elle serait peut-être une associée avec qui il ferait meilleur travailler.

Et elle aurait une dette envers lui. Il aimait cette idée.

— D'accord. Je serai ton cavalier lors de cette soirée.

2.

— Incroyable ! s'exclama Tara. Adam t'a offert d'être ton cavalier à cette soirée ? *Vraiment ?*

Dana tourna son regard vers sa belle-sœur. Leur relation était rapidement devenue intime, ce qui la surprenait elle-même, car elle se méfiait habituellement des connaissances nouvelles. Mais elle n'avait pas mis longtemps à découvrir à quel point son frère Jack aimait Tara, et pour de bonnes raisons.

Elles étaient toutes deux assises dans le salon de Jack et Tara. Celle-ci était enceinte de cinq mois.

— Oui, et quand il me l'a proposé, j'ai dû avoir la même expression que toi en ce moment.

— Qu'as-tu répondu ?

— D'abord, rien.

— Et ensuite ?

— Je lui ai demandé s'il plaisantait.

— Et il a dit ?

— Que la proposition était sincère. « Cela ne te tirerait-il pas d'une situation délicate ? » dit-elle en imitant sa voix.

— Et ta réponse...

— A été la suivante : pour que cela me tire effectivement d'une situation délicate, il faudrait que la solution semble suffisamment crédible. Or, nous n'offrons pas, de prime abord, l'image parfaite du couple idéal.

— J'allais le dire.

— Qui pourrait nous regarder trente secondes et croire que nous sommes faits l'un pour l'autre ? Cet homme pousserait une sainte à commettre un meurtre.

— Tu as déjà fait cette remarque. Elle a bien fait rire Jack.

— A juste titre.

— Encore qu'il faut admettre... Si tu veux donner une leçon à Jim, Adam n'est pas un mauvais choix.

— Certes.

Dana avait longuement étudié le pour et le contre dans sa tête. Elle agissait toujours avec logique. Elle examinait chaque chose et y réfléchissait sérieusement.

Avoir Adam Donovan comme cavalier ? L'idée était tout simplement idiote.

— Lui tenir le bras n'entacherait quand même pas ta réputation.

— Jusqu'à ce qu'il ouvre la bouche…

Tara sourit. Elle était toujours étonnée de la différence entre Jack et ses sœurs. Alors que Jack était spontané, porté aux réactions immédiates, Dana était tout l'inverse : posée, réfléchie et calculatrice. Parfois, on aurait pu croire impossible qu'elle puisse perdre le contrôle d'elle-même. Pourtant, il arrivait quelquefois qu'elle réagisse comme son frère. C'était toujours le temps d'un éclair, qu'il fallait se dépêcher d'observer.

— Allons, Dana, il serait capable de faire perdre la tête à toute l'assistance féminine rien qu'en entrant dans la salle. Nous le savons toutes les deux. Il est plein de virilité, et aussi de tout ce que les femmes trouvent désirable.

Dana réfléchit un instant à ces paroles, puis soupira.

— Mais il n'est pas le genre d'homme à fréquenter une femme comme moi. Ce serait totalement incroyable, et c'est pourquoi cela ne marchera jamais.

— *Pourquoi* ne serait-ce pas le genre d'homme à te fréquenter ?

— Je ne suis pas mannequin. Je suis plutôt… le type de femme qui sortirait avec le directeur de sa banque.

— Le directeur de ta banque te plaît ?

La réplique attira le sourire escompté.

— Tu devinerais la réponse si jamais tu le voyais. Ma seule raison de lui prêter attention est qu'il ferme les yeux sur mes découverts.

— Et Adam ?

— Tu crois vraiment que je lui trouve quoi que ce soit d'attirant ?

— Tu n'es pas aveugle.

— Bon, certes, il y en a de moins beaux, je te l'accorde.

— Et ?

Dana ouvrit de grands yeux. Elle n'allait certainement pas confesser tout ce qu'elle percevait d'attirant chez Adam !

— Il n'y a rien à ajouter, Tara. D'autres peuvent le juger merveilleux, mais je le connais. Je travaille quotidiennement avec lui et je pense surtout qu'il est arrogant.

— Je sais.

Tara leva la main en signe de capitulation. Elle

était trop romantique pour ne pas avoir au moins essayé.

— Admettons. Mais il ferait un partenaire remarquable pour cette soirée pendant laquelle tu tenterais d'oublier tous ses défauts, et rien ne t'empêcherait ensuite de revenir à la vie normale. C'est tout simple.

C'était tout simple, en effet. Mais pourquoi fallait-il que la solution passe par l'insupportable Adam Donovan !

— Ne penses-tu pas, poursuivit Tara, que ton absence serait une victoire pour Jim ?

— Comment cela ?

— Il croirait que tu n'es pas venue parce que tu sais qu'il sera avec Mélanie, alors que toi-même tu n'as personne pour t'accompagner.

Oui, c'était même certain ! Vite, une autre porte de sortie.

— On n'imaginerait pas qu'Adam s'intéresse à moi.

— Parce que tu n'es pas son genre ?

— Exactement.

Tara secoua la tête.

— Tu ne te regardes jamais dans le miroir ?

— Il ne sort qu'avec des filles dignes des premières pages de magazines — avec plein de maquillage, des robes décolletées et des cheveux éclatants. Je ne suis pas comme cela.

Tara se tut quelques instants.

— J'ai une idée, dit-elle enfin. Nous pourrions te transformer.

— Comment ?

— Si je songe à l'image que tu projettes, aux yeux de tous tu es élégante, sophistiquée. Tout en toi est bien à sa place, jusqu'à la moindre mèche de cheveux. Tout indique ton caractère pratique, organisé, celui d'une femme d'affaires sur qui l'on peut compter. Par contre, rien ne laisse transparaître la personnalité créative et le sens de l'humour qui sont aussi présents en toi… Mais on pourrait créer une autre Dana Taylor, l'espace d'un soir. Une Dana Taylor sexy sortant avec le très désirable Adam Donovan. Tout le monde en parlerait, la ville n'aurait pas d'autre sujet de conversation pendant des mois. Et quelle leçon pour Jim !

A regarder sa belle-sœur s'animer, Dana comprit qu'elle ne l'arrêterait pas. L'impulsion était trop forte.

— Alors il a fallu que tu te proposes ! Tu n'as pas pu t'en empêcher !

Adam se regarda dans le rétroviseur.

— Et voilà, continua-t-il à sa propre intention. Cette fois, tu n'échapperas pas aux conséquences de tes paroles ! Te voilà de sortie avec une femme que tu fais tout d'habitude pour éviter ! Ah, tu es un génie, Adam Donovan !

Il prit le virage à cent à l'heure, comme il aimait le faire, avant de ralentir brusquement devant la maison de Jack et Tara.

Son associé de toujours avait déserté le clan des célibataires. Cela, il le lui avait pardonné — enfin, presque : Jack avait trouvé le bonheur, tant mieux pour lui. Mais il lui avait aussi infligé le partenariat avec sa sœur horripilante... Et cela, il mettrait plus longtemps à le lui pardonner.

Il gara sa Jaguar — son jouet favori — et se dirigea vers le perron de la grande maison victorienne.

La porte s'ouvrit et Jack apparut.

— Bonsoir, Adam. Quel smoking ! Tu es magnifique !

— On ne t'a jamais dit à quel point un œil au beurre noir t'irait bien ?

Jack sourit. Ils mesuraient tous les deux un mètre quatre-vingt-cinq.

— Tu n'oserais pas. Ma femme te le ferait regretter.

— Certes.

Jack le fit entrer dans le vestibule.

— C'est chic, ce que tu fais là.

— Oh, c'est juste un service amical.

— Si tu savais ce que son imbécile d'ancien mari…

Adam s'approcha pour écouter, mais il s'écarta presque aussitôt, le souffle coupé : s'il n'avait pas reconnu la femme qui s'approchait, il serait tombé amoureux sur-le-champ.

Dana était tout simplement divine.

— Vas-tu continuer à me regarder ainsi toute la soirée ?

Dana posa cette question alors qu'Adam passait à la vitesse supérieure sur la route nationale.

— *Comment* donc est-ce que je te regarde ?

— Comme un amateur de chocolat face à une boîte de Léonidas.

Adam broncha. Dans la voiture, l'atmosphère était tout sauf détendue.

— Ma chère, c'est la réaction normale d'un homme en présence d'une femme qui porte une robe comme la tienne. C'est inévitable.

Evidemment c'était l'idée de Tara. Elle n'aurait jamais choisi d'elle-même une robe pareille, mais il avait été impossible de résister. Dès que Tara avait parlé de créer une nouvelle Dana, elle avait été prise d'une exubérance sans frein.

— Arrête, tu veux ?

— Pourquoi ? Ne suis-je pas supposé sortir avec toi ? Permets-moi de te dire que si nous sortions vraiment ensemble et que tu portes une telle robe, nous n'aurions pas encore quitté la maison — et tu pourrais réarranger ton maquillage dans une heure.

Elle frémit en pensant aux images que ces paroles évoquaient.

Pendant toute la journée elle avait tenté de trouver un moyen de faire marche arrière, mais Tara prenait un tel plaisir à appliquer son plan… Et puis ce ne serait pas désagréable d'étonner tous ces gens. Surtout qu'une partie d'entre eux appartenaient à sa famille et que certains autres étaient les personnes qui l'irritaient le plus.

— Eh bien, nous ne le saurons jamais, puisque nous ne sortons ensemble qu'en apparence.

Ils restèrent silencieux quelques minutes, seuls chacun dans ses pensées. Adam la regarda du coin de l'œil quand elle se tortilla légèrement.

— Tu n'es pas trop à l'aise dans cette tenue, hein ?

Voilà qu'il faisait preuve de perspicacité ! Où avait-il appris à en avoir ?

— Certes, je ne suis pas habillée ce soir d'une manière qui reflète ma personnalité.

Et elle n'aurait pas non plus dû boire tout ce Martini pendant que Tara s'affairait.

— En effet, le moins qu'on puisse dire est que tu ne ressembles pas à mon associée habituelle, avec son caractère rigide et sa volonté de tout contrôler sans que rien lui échappe, au propre comme au figuré.

— Tu penses vraiment cela ?

— Bien sûr. Tu croyais le contraire ?

Etait-ce vrai ? Elle réfléchit à ces paroles pendant que la voiture filait vers leur destination.

La Dana d'autrefois n'aurait jamais mérité un tel commentaire. Elle se laissait aller aux plaisanteries, aux joies de la vie… Mais elle était insouciante, en ce temps-là. Devenir mère l'avait fait changer.

Peut-être montrait-elle une légère tendance à tout vouloir contrôler dans son travail — seule partie de son existence qu'elle permettait à Adam de connaître. Elle y faisait très attention. Même Jess, sa fille, ne venait jamais au bureau. Peut-être ne devrait-elle pas accorder trop d'attention à ce qu'Adam venait de dire. Pourtant, cela la contrariait.

— Dans le travail, j'aime que tout soit en ordre. Ne dis pas que mon sens de l'organisation est superflu : quand je suis arrivée, tu ne savais même pas retrouver ton stylo.

— C'est vrai, s'insurgea Adam, mais cela n'empêchait pas la société de bien marcher ! On arrivait toujours à faire les choses importantes à temps. A présent, tout marche avec une précision d'horlogerie, mais je ne trouve plus le travail si agréable.

Elle sourit. Adam était trop têtu pour admettre le bien-fondé de la remarque.

— Tu pourrais être moins rigide, insista-t-il, tu n'en mourrais pas.

— Je ne suis pas esclave de mes propres règles !

Elle rougit de ce qu'elle venait de dire.

— Je n'ai pas besoin de connaître ta vie personnelle, Dana.

— Tu ne sais rien de moi !

Du moins, rien de plus que ce qu'elle l'autorisait à connaître.

— Oui, tu as raison. De même que toi, tu ne

me connais pas non plus. Mais cela ne t'empêche pas de me juger.

— Tu vas me dire qu'il y a une face cachée dans ta personnalité ? Elle est bien cachée, alors, non ?

Il s'arrêta devant un grand bâtiment en faisant crisser les pneus et mit le frein à main avant de couper le moteur.

— Tu ne *veux* pas me connaître, Dana. Tu es si rigide que tu préfères catégoriser les gens et ne plus changer d'avis ensuite. Cela te rassure.

Dana sentit son pouls s'accélérer à mesure que la colère montait en elle.

— C'est bien la raison pour laquelle je ne voulais pas venir avec toi. Nous ne sommes pas encore arrivés à la réception que tu déclenches déjà une scène !

Adam inspira profondément.

Devant eux, des gens en costume de soirée rentraient par les portes vitrées de l'hôtel.

— Il va falloir que tu fasses semblant de m'apprécier, si tu veux que ça marche.

— Alors je mériterai un oscar !

— Essaie au moins, fais semblant d'accompagner quelqu'un d'autre. C'est ce que je vais faire avec toi.

— Faire *semblant* de t'apprécier ?

— Oui.

— Oublier qui tu es ?

— Oui, répliqua-t-il, les mâchoires serrées. Tente de voir en moi un homme, et non ce que tu décollerais de la semelle de ta chaussure. Oublie la vie habituelle, juste ce soir. Fais comme si nous venions de nous rencontrer. Pas d'idées préconçues, de jugements sur les apparences. Vis juste pour l'instant présent.

Cela avait l'air si simple, à l'écouter, mais l'était-ce vraiment ? Pourrait-elle voir en lui quelqu'un d'autre qu'Adam Donovan ?

La Dana d'autrefois aurait pris grand plaisir à cette mascarade. Elle y aurait vu un défi à relever, une bonne occasion de s'amuser qu'il ne fallait pas laisser passer. Existait-il encore en elle quelque chose de ce qu'elle avait été ?

Elle inspira profondément elle aussi. Elle essaierait.

C'était une réunion d'anciens amis de l'université : si elle ne savait pas s'amuser là, où le pourrait-elle ? Elle allait entrer déguisée en une autre, telle Cendrillon, avec à son bras un prince charmant hyperséduisant. Cela valait bien la peine d'oublier que sa personnalité réelle n'était pas plus séduisante que celle d'une citrouille.

— A quoi penses-tu, Dana ? On n'a rien sans risque. Si tu ne veux pas y aller, il suffit de le dire.

Pourquoi fallait-il que ce soit *lui* ?

La salle sembla soudain se figer quand ils entrèrent. Ils formaient vraiment un couple sortant de l'ordinaire.

Dana n'aurait pu dire si cette impression était justifiée, car la musique de l'orchestre couvrait les autres bruits, mais il lui sembla bien que des têtes se retournaient et que des conversations s'interrompaient.

Il y avait longtemps qu'elle n'avait pas ressenti une telle sensation, celle d'être au centre des attentions, de provoquer admiration et étonnement. C'était bien agréable…

Adam remarqua son sourire et, souriant lui-même, posa la main sur sa taille pour la conduire au milieu de la salle. Ce fut seulement lorsqu'elle sentit sa paume sur sa peau qu'elle se rappela que sa robe était ouverte dans le dos.

Il retira brusquement sa main comme s'il s'était brûlé… Et ce n'était que son dos.

Elle-même avait tressailli au même instant : après tout, le contact physique entre Adam Donovan et elle n'était pas dans leurs habitudes.

Quand il posa de nouveau la main dans son dos, elle sentit les battements de son cœur accélérer. Elle avait toujours su qu'Adam faisait de l'effet aux femmes et elle s'était toujours demandé pourquoi. A présent, elle commençait à comprendre.

Elle l'observa en inclinant la tête, cherchant à deviner s'il avait remarqué sa réaction.

Après quelques instants, il se tourna vers elle, croisa son regard. Sans rien dire, il suivit de la main la courbe de son dos, s'arrêtant au creux de ses reins.

Elle écarquilla les yeux : il faisait semblant de manière vraiment convaincante.

Adam observa la réaction de Dana. C'était une bonne actrice, elle jouait son rôle. C'était bien ce qu'elle devait faire, non ?

La partie n'allait pas être trop difficile, finalement. La femme qui était devant lui était très différente de la Dana de tous les jours : c'était une femme attirante. Le désir jaillissait en lui quand il la touchait. S'il n'avait pas eu dans la tête une sonnette d'alarme lui rappelant à qui il avait affaire, il n'aurait eu qu'une idée : la posséder. Totalement.

Alors qu'elle passait la langue sur le coin de sa bouche, il s'inclina vers son oreille.

— Je crois que nous avons capté leur attention.

— Oui, je crois.

Leurs yeux se croisèrent de nouveau, avant qu'il ne fixe les siens sur une des mèches de la coiffure audacieuse de Dana.

— Veux-tu prendre un verre, discuter avec eux, danser… Ou peut-être devrions-nous trouver un coin où continuer à les convaincre ?

S'il continuait ainsi à « convaincre » l'assistance, Dana était sûre qu'elle allait exploser. Elle était déjà nerveuse avant de venir, et l'apéritif qu'elle avait bu la faisait à l'évidence réagir de manière totalement inhabituelle. Oui, c'était bien le trac qu'elle ressentait, comme une actrice. Mais il n'était pas question qu'elle accompagne Adam dans un coin de la salle pour qu'il poursuive son petit jeu !

C'était comme si elle était passée dans un

monde différent. Cependant, elle était capable d'y faire face.

— J'aimerais prendre un verre.

Le sourire d'Adam s'élargit, montrant ses dents parfaites.

— Je m'en occupe.

Il se pencha soudain. Comme elle inclinait la tête au même instant pour entendre ce qu'il disait, la combinaison des deux mouvements fit que les lèvres d'Adam lui frôlèrent l'oreille. Sa voix retentit sur l'arrière-plan des frissons causés par ce contact :

— Froussarde !

Elle le regarda s'éloigner, ses larges épaules tendant le tissu de sa veste, et lui sourit quand il se retourna vers elle. Il fallait admettre qu'il avait vraiment de la prestance, il remplissait presque la pièce à lui tout seul.

Mais il faudrait toutefois autre chose pour la séduire, se défendit-elle.

Et puis, brusquement, elle se retrouva entourée de bras, et des bouches lui embrassèrent les joues. Lorsqu'elle put se libérer et regarder autour d'elle, elle reconnut les visages de ses meilleures amies d'université. Les quatre qui l'avaient le mieux connue.

— Dana, où as-tu trouvé un si bel homme ?

— Depuis combien de temps le fréquentes-tu ?

Ce fut Lucy qui imposa finalement le silence.

— Laissez-lui le temps de souffler ! Et après t'avoir vue à l'œuvre, Dana, j'ajouterai qu'il te *faut* aussi le temps de reprendre ton souffle. Dis-moi, je ne savais pas que vous sortiez ensemble ? Je pensais que tes relations avec Adam étaient uniquement professionnelles.

Tracey McKenna prit un air étonné.

— Tu connais cet homme, Lucy ?

— Bien sûr. Il s'appelle Adam Donovan, de chez *Donovan et Lewis*, les décorateurs. Dana travaille avec lui.

— Vraiment ? Comment arrives-tu à te concentrer pour faire une tâche quelconque avec un homme pareil dans le paysage ?

Dana sourit.

— C'est difficile, mais j'y parviens quand même.

— Il est vraiment sexy !

— Tu as toujours eu du succès, ajouta Ella Dawson. Chaque fois qu'un homme séduisant passe à moins de cent mètres, il finit toujours par s'attacher à tes pas.

54

Dana réalisa avec surprise qu'il n'y avait pas trace d'ironie dans les propos de son amie. Vraiment ? Ella croyait *cela* ?

— Il faut changer de lunettes, Ella. Les hommes ne se précipitent pas tous dans ma direction.

— Bien sûr, si Adam Donovan est déjà avec toi !

Ces dernières années, il n'y avait pas eu davantage de ruée de soupirants en l'absence d'Adam Donovan, songea-t-elle. Quoi d'étonnant, pour une mère célibataire ayant un besoin compulsif de tout contrôler ?

— De toute façon, reprit Lucy à la cantonade, quel homme ne la trouverait pas irrésistible dans cette robe ?

— C'est tout à fait mon avis.

La voix d'Adam se fit entendre derrière les quatre jeunes femmes, et il les gratifia d'un sourire plein de charme que chacune crut adressé à elle seule. Il tendit un verre à Dana et replaça sa main dans son dos d'un air de propriétaire.

Elle fronça les sourcils. Il n'avait pas annoncé ses intentions. Après les regards langoureux dans la voiture, voilà qu'il se donnait carte blanche pour la *toucher* !

— Nous remarquions juste à quel point il est

habituel de voir Dana terminer la soirée avec le plus bel homme qui soit présent, expliqua Tracey avec complaisance.

— Vraiment ? répondit Adam. Elle ne laisse jamais passer une occasion, c'est ça ?

Dana lui donna une bourrade dans les côtes.

— Vous le trouvez spirituel ?

— Ce n'est qu'une des multiples facettes de mon charme. Ne trouvez-vous pas, délicieuses demoiselles ?

S'il les appelait encore ainsi, le prochain coup de coude atterrirait plus bas !

Elle sentit la main d'Adam se poser sur sa hanche pour l'attirer plus près de lui.

— Dana est toujours d'une compagnie si plaisante, n'est-ce pas, Adam ?

Adam dirigea vers Lucy — la seule des quatre qu'il avait déjà rencontrée — un regard légèrement dubitatif.

— Toujours ?

Dana le fusilla des yeux. Il était censé sortir avec elle parce qu'il en avait envie. Pourquoi alors s'étonnait-il qu'on juge sa présence agréable ?

Heureusement, Lucy avait bu quelques verres de trop pour faire attention à de tels détails.

— Oh oui ! Combien de fois je l'ai vue danser

sur la table ou nous entraîner dans des folles soirées. Tu te souviens du Club de Vingt-Quatre Heures, Dana ?

Tout en continuant de promener sa main sur les bords de la robe de sa cavalière, sur sa peau et sur ce qu'il croyait être la minuscule bretelle de son soutien-gorge, Adam encaissa l'information. Il fallait espérer que ce club n'avait rien à voir avec le Mile-High Club (club où l'on n'entre qu'après avoir fait l'amour dans un avion volant à plus de mille huit cents mètres d'altitude), ou alors il ne pourrait plus jamais partager un bureau avec Dana.

Le visage de celle-ci devint tout rouge. Non pas, semblait-il, à cause des souvenirs évoqués par Lucy, mais parce que sa main se permettait trop de libertés.

Elle essaya de s'écarter de lui, mais il fut plus rapide, et, d'une pression plus forte sur la hanche, l'attira encore plus près de lui.

Il posa l'inévitable question.

— Vous parliez du Club des Vingt-Quatre Heures ?

— Ce n'était certainement pas ce que vous imaginez.

— Alors pourquoi ne pas m'en parler ?

— C'était juste un truc pour s'amuser. Il s'agissait de partir le plus loin possible et de revenir à l'université en vingt-quatre heures, avec un budget fixé à l'avance.

— En allant n'importe où ? interrogea-t-il.

— Oh oui, expliqua Lucy. Cela a commencé par un voyage en ferry en Ecosse, puis un autre en France, jusqu'à ce que Dana établisse le record absolu.

Le sourire d'Adam s'épanouit.

— Elle est allée où ?

— A New York !

— Avec un budget de combien ?

— C'est ça le mieux ! continua Lucy. Elle s'est déguisée en membre d'une profession médicale, a pris avec elle un cœur de cochon dans une glacière médicale fournie par un copain étudiant en médecine, et elle a réussi à persuader une compagnie aérienne de la laisser monter dans l'avion parce qu'elle transportait un organe pour une greffe. Elle a dû avoir recours à toute sa capacité de persuasion, d'après ce que l'on m'a dit, mais cette histoire l'a rendue célèbre.

Adam s'esclaffa de bon cœur. Il admirait plus la Dana immorale et irresponsable d'autrefois que la femme sérieuse et souffrant d'un besoin compulsif de tout contrôler qu'elle était devenue.

— J'avoue que je suis impressionné.

— Cela ne m'étonne pas.

— Je découvre une nouvelle facette de ta personnalité.

— Tu m'en vois comblée.

— Il n'y a rien d'autre que tu veuilles me dire ?

— Que veux-tu savoir ?

Ils se fixèrent mutuellement, droit dans les yeux. Qu'est-ce qui l'avait fait changer ? se demandait Adam.

Il se retint tout juste d'exprimer cette question. Il devait se souvenir qu'il avait affaire à Dana Taylor, la femme qui faisait paraître ses journées de travail interminables.

Une nouvelle voix se fit entendre dans le petit groupe.

— Est-ce que vous savez qu'elle chante ?

3.

Pour Dana, cette soirée devenait la plus longue qu'elle ait jamais vécue.

« Est-ce que vous savez qu'elle chante ? » était vite devenu : « Tu devrais chanter avec l'orchestre, comme au bon vieux temps » avant de passer à : « Dana, une chanson ! » bientôt scandé par la moitié de l'assistance jusqu'à ce qu'elle monte sur la scène.

C'était bien sa chance ! Depuis que Tara avait eu cette idée baroque de créer une nouvelle Dana Taylor, il s'était ensuivi une série de conséquences que la Dana adulte aurait préféré éviter. A présent, le micro à la main, elle avait cependant l'avantage de voir le visage consterné de son ex au milieu de la foule.

Si l'on y ajoutait que faire semblant de sortir avec Adam se révélait facile et — oserait-elle l'admettre ? — très agréable, cela rendait la situation plutôt compliquée !

Tandis qu'elle était entraînée vers la scène par ce groupe d'excitées qui se prétendaient ses amies et qu'elle n'avait plus revues depuis des lustres, elle lui avait jeté un coup d'œil presque désespéré, comme pour l'appeler au secours. Il lui avait adressé son sourire le plus charmeur. Impossible de mieux donner le change !

Billy, le chef d'orchestre qu'elle avait bien connu lors de ses folles années, l'avait présentée à la foule d'un retentissant : « Voici notre star de toujours — Dana Lewis ! »

Elle avait été surprise qu'il utilise de nouveau son nom de jeune fille, mais elle n'y pensa plus lorsqu'elle entendit les premières mesures de la chanson.

Celle-ci, imposée par l'orchestre, était bourrée de sous-entendus.

Seigneur, c'était vraiment ce qu'il lui fallait à un tel moment, devant un ex qui allait se faire un plaisir de lire entre les paroles et un cavalier qui la croyait encore amoureuse de son ex !

Oh, tant pis !

Elle inspira profondément et commença à chanter.

Adam était muet de stupéfaction. Il appréciait tant la prestation de Dana qu'il n'en revenait pas.

Comment cette femme pouvait-elle avoir une personnalité aux facettes si diverses ? Celle avec qui il travaillait tous les jours possédait une voix morose, presque renfrognée. Pourtant, si un auteur de dictionnaires avait voulu illustrer la définition du mot *sexy*, il aurait pu mettre : « Ecoutez Dana Taylor chanter. »

En la voyant passer la main sur le pied du micro, il sentit sa bouche devenir sèche. Bon Dieu !

Balançant légèrement les hanches, les yeux fermés, Dana fit un pas en avant. La longue fente de sa robe dévoila sa jambe sur une hauteur telle que ce spectacle aurait été illégal dans de nombreux pays. Adam avala sa salive et, d'un coup d'œil circulaire, remarqua le nombre d'hommes qui ne pouvaient en détacher leurs yeux. Il ressentit une envie soudaine de se précipiter pour recouvrir la jeune femme de quelque chose qui aurait pu la cacher à ces regards concupiscents.

Elle rouvrit les yeux et les fixa sur lui, puis elle chanta comme si elle n'avait que lui comme public. Il se sentit comme brûlé par son regard.

Il s'approcha, encouragé par le sourire de Dana, avant de s'apercevoir que celle-ci regardait maintenant quelqu'un d'autre. Suivant la direction de son regard, il vit un grand blond à l'autre bout de la salle. Ce devait donc être *lui*.

Qu'exprimait donc le visage de Dana ? De la colère ? De la douleur ? Il n'était pas sûr de vouloir connaître la réponse.

Incontestablement, il y avait des sous-entendus sexuels dans ce qu'elle chantait — pour *lui* ? Après quelques couplets, elle se tourna vers le reste de l'assistance, faisant onduler ses épaules nues.

Avait-elle choisi cette chanson pour Jim, l'ex dont elle prétendait ne plus être amoureuse ? Et pourquoi cette question présentait-elle soudain tant d'importance ?

Tout le plan qu'il avait échafaudé — se rappeler qu'il accompagnait Dana Taylor, dont il ne supportait que difficilement la présence — était mis en échec. Il n'était que trop visible, à présent, qu'il ignorait des tas de choses sur elle. Elle lui en avait caché beaucoup, et cela l'irritait considérablement. Il ne voulait pas être laissé à l'écart.

Finalement, il se dirigea vers le côté de la scène. Il ressentait un besoin instinctif, presque primitif, de possession, et il voulait se mettre entre Dana et cet homme à qui elle avait été mariée.

Il avançait sans la quitter des yeux. Elle inclina

la tête au moment où quelqu'un modifia l'éclairage, ne laissant que les lumières tamisées pour tourner un projecteur sur elle.

Pourquoi avait-elle mis une telle robe ce soir ? Le tissu semblait renvoyer des reflets à mesure que Dana bougeait. Les mouvements de la jeune femme révélaient en souplesse les formes arrondies qu'il recouvrait. Comment un homme pourrait-il résister ? Lui-même était déjà troublé au plus haut point…

Il s'arrêta au pied de l'estrade. Sur celle-ci, Dana était devenue une autre personne, qu'il avait désirée dès qu'il l'avait découverte. Le jeu présentait maintenant pour lui une tout autre dimension.

Il se retourna pour observer de nouveau l'ex-mari. La Dana qui voulait tout contrôler avait souhaité lui donner une bonne leçon ? Il sourit. Il savait comment s'y prendre, elle serait servie. Comme disait toujours sa mère, « Réfléchis à ce que tu souhaites… ».

Quand elle le chercha du regard, il sourit jusqu'aux oreilles pour l'encourager.

« Vas-y, Dana, montre ce dont tu es capable ! »

Dana prenait plaisir à la situation.

Au diable les sous-entendus, les gens pouvaient bien penser ce qu'ils voulaient ! Elle retrouvait les sensations connues de l'ancienne Dana. Celles d'être femme. Et il y avait longtemps qu'aucun homme ne lui avait adressé un regard brûlant comme Adam Donovan à l'instant !

Elle devinait ce que ses sœurs devaient chuchoter, elles qui l'avaient précisément encouragée à redevenir ce qu'elle avait été, à vivre pour l'instant. Elle avait fait au cours des mois précédents quelques rêves qui ressemblaient à cela, mais elle n'aurait jamais imaginé les vivre aussi pleinement ce soir. Surtout avec un homme qu'elle appréciait si peu !

Elle se tourna de nouveau vers Adam en chantant, inclinant légèrement la tête de côté pour que ses cheveux lui retombent sur la joue, et lui dédia un regard légèrement aguichant à travers le rideau de ses cils.

Oh oui, elle était capable de pratiquer ce petit jeu ! Même avec Adam Donovan. Adam qui ? Quelle importance ? C'était d'abord un très bel homme, et elle aussi pouvait vivre pour l'instant présent !

Elle enleva le micro de son support pour chanter les dernières paroles et le rendit à Billy. Puis elle descendit les marches, les yeux fixés sur ceux d'Adam, pour se trouver immédiatement emportée dans un baiser.

Les applaudissements cessèrent progressivement tandis que son cavalier continuait de presser sa bouche sur la sienne.

Le goût de ce baiser était aussi bon qu'elle aurait pu l'espérer. Une main derrière sa nuque, Adam la maintenait contre lui. Son autre main parcourait son dos, et elle se sentit frissonner.

Comme l'orchestre jouait une mélodie romantique, leurs corps se mirent à ondoyer au rythme de la musique.

Il leva la tête et la dévisagea de tout près.

— Qui es-tu, Dana ?

— Tu veux dire que tu ne le sais pas ?

— Disons que je croyais le savoir.

— Peut-on jamais vraiment dire que l'on connaît quelqu'un ?

— Peut-être pas, en effet.

Sans y réfléchir, elle leva la main pour repousser les cheveux de son front. Oui, vraiment, ce baiser avait fait son effet. Elle percevait à quel point sa nature féminine était attirée par la virilité d'Adam. Etait-ce là ce que ses sœurs voulaient dire ? Il était trop difficile de résister.

— Ce n'est pas ma vraie personnalité, et nous le savons tous deux.

— Oui, mais c'est la règle du jeu : tu ne me connais pas, je ne te connais pas. Le temps d'un soir.

Dana hocha la tête. C'était bien là l'accord qu'ils avaient conclu.

Soudain, elle décida qu'elle se moquait complètement de Jim et de la splendide Mélanie, ou de quiconque était présent dans la salle. Elle ne pouvait endiguer ce qui montait en elle.

Elle regarda de nouveau Adam à travers ses cils. Elle n'aimait peut-être pas son caractère tel qu'il lui apparaissait dans la vie quotidienne, mais elle n'avait jamais nié qu'il avait un physique splendide. Aucune femme n'aurait pu dire le contraire.

A mesure qu'elle sentait la main d'Adam continuer son mouvement sur sa peau, elle ouvrit des yeux de plus en plus grands. Elle avait dû oublier ce qu'était la séduction. Du reste, elle n'en avait jamais connu de pareille.

Pouvait-elle oublier un soir tout son côté rationnel, réfléchi, sérieux, et être simplement une femme ? Une femme passionnée ? Combien de fois cette chance se représenterait-elle dans sa vie ? Soudain, tout lui parut clair. Elle ne pouvait pas ignorer la réaction de son propre corps en présence de celui d'Adam. Elle devait bien admettre — même à contrecœur — que ce dernier était un homme très attirant. Parfait pour l'aventure passagère que ses sœurs lui avaient conseillée et sur laquelle elle fantasmait depuis des semaines.

Elle ne voulait plus d'engagement à long terme, de toute façon. Alors, qui ferait mieux l'affaire qu'Adam, lui qui n'avait qu'une peur, celle de se retrouver attaché à une femme ? De plus, il valait mieux qu'un parfait inconnu, non ? L'affaire n'était pas plus compliquée que ça.

Elle avait bu assez d'alcool pour se donner du courage, mais pas pour utiliser cela comme excuse. Elle tendit le cou pour lui chuchoter à l'oreille :

— Alors, jusqu'où va ce petit jeu, dans ton esprit tortueux ?

Le sourire d'Adam se fit complice, presque cynique.

— Tu veux vraiment le savoir ?

En temps normal, sa réponse aurait bien évidemment été non, mais à ce moment précis, elle avait quitté le monde de la réalité pour s'enfuir avec délices dans celui du rêve.

Le seul problème qui restait était celui-ci : pourrait-elle s'arranger avec les conséquences de cette folle nuit quand le soleil se lèverait de nouveau ? Avec la culpabilité, les reproches, les regrets ? Travailler avec la dernière personne avec laquelle elle aurait dû avoir cette aventure ?

Elle songea à quel point il avait été agréable d'être de nouveau sur l'estrade, de guetter les réactions sur le visage des gens. Quel mal y avait-il à vouloir être femme de nouveau ? A ne plus être Dana l'ex-épouse, Dana la mère célibataire, Dana la très organisée, Dana qui ne voulait rien laisser échapper…

Chaque femme n'éprouvait-elle pas ce désir de connaître une nuit où se perdre dans le plaisir d'être simplement une femme ? Il fallait saisir ces moments quand ils se présentaient, sans trop se préoccuper de la personne avec qui cela arrivait. L'opportunité ne reviendrait peut-être plus, il y a des chances qui ne s'offrent qu'une fois.

Elle ne voulait plus vivre de ces relations où l'on s'engage à long terme pour souffrir ensuite. Avec Adam, cela ne durerait pas plus longtemps qu'une glace sortie du réfrigérateur : c'était l'homme idéal.

— Tu es le maître en la matière, Adam. C'est ton domaine habituel, si je ne me trompe pas. Eh bien, nous pouvons continuer à *jouer* en suivant cette règle si tu promets de tout oublier de cette soirée et de ne jamais m'en reparler ensuite, quand nous retrouverons la bonne vieille relation antagoniste que nous avons eue jusqu'à présent.

— Celle où tu te sens à l'aise, parce que tu contrôles tout et que rien ne t'échappe ?

— Oui.

— Et si je n'étais pas d'accord ?

Mais la nouvelle Dana avait complètement supplanté l'ancienne : elle l'embrassa sur la bouche.

— Alors, chuchota-t-elle, nous allons jouer pendant le reste de la nuit et voir où cela nous mène.

L'ambiance du bureau était devenue pénible.

Pendant la première semaine, ils avaient réussi à conserver une politesse difficilement maintenue. La deuxième semaine, celle-ci s'était pimentée d'une certaine dose de moquerie avant de se muer, la troisième semaine, en un feu croisé de sarcasmes. La quatrième semaine, avoir une conversation normale ensemble n'était plus possible.

Arrivés au milieu de la cinquième semaine, tous deux n'en pouvaient plus.

Adam, qui attaquait un sandwich au bacon,

remarqua soudain combien Dana était pâle. Elle devait avoir l'estomac retourné, car elle lança un regard torve sur son malheureux sandwich.

Il passait de plus en plus de temps à l'observer, ces derniers jours. La raison en était simple : il fallait qu'il fasse de gros efforts pour chasser l'image de l'autre Dana, celle qu'il avait connue pendant cette soirée et cette nuit. Cette femme sexy, étonnante et mystérieuse avec qui il avait couché. Qu'était-elle devenue ? Lorsqu'il était arrivé au bureau le lundi matin, c'était Mlle Parfaite qui l'avait accueilli, plus décidée que jamais à faire régner l'ordre. Il détestait d'autant plus ce côté de sa personnalité qu'il avait découvert qui elle pouvait être.

Alors il l'épiait, espérant revoir l'autre Dana. Au fond, celle-là lui manquait.

— As-tu vraiment besoin de manger ici ?

— Oui.

— La plupart des gens mangent avant de venir travailler, cela s'appelle le petit déjeuner. Et cela évite de retrouver des miettes de repas sur les plans et les documents.

— Je ne suis *pas* comme la plupart des gens.

Dana le regarda mordre derechef dans son

sandwich et porta la main à sa bouche comme si ce spectacle l'indisposait.

Bon Dieu, est-ce qu'il la dégoûtait ? Pourtant, cette nuit-là… D'ailleurs, comme il la connaissait, elle devait maîtriser suffisamment son imagination pour écarter tout souvenir troublant. Lui-même s'était montré coopératif en ce domaine, il n'avait jamais reparlé de leur nuit ensemble.

Dana referma le nouveau dossier Fairblanks d'un air excédé et se leva. Trois invités de cette soirée étaient devenus des clients. Au moins, il en était ressorti quelque chose de positif.

Lorsqu'elle ouvrit le tiroir, il la vit soudain vaciller.

Il l'observa avec anxiété.

— Tu vas bien ?

— Oui.

Elle se carra sur son siège, avant de vaciller de nouveau.

Adam se leva en un éclair et la rattrapa dans sa chute. Réalisant à quel point elle était pâle, il la prit dans ses bras pour la porter sur le divan de l'autre côté de la pièce.

Il l'appela plusieurs fois par son prénom avant qu'elle ne rouvre les yeux, à son grand soulagement.

— Ça va mieux ?

— Oui.

— Depuis combien de temps es-tu malade ?

— Une semaine, à peu près. Rien de bien grave, sans doute un virus.

— C'est pour cela que tu ne supportais pas que je déjeune au travail ?

Dana fit un effort, mais elle ne put retenir ses larmes. Résister était impossible si Adam se montrait attentionné.

— Tu aurais dû me le dire ! Au lieu de répondre ainsi, j'aurais arrêté jusqu'à ce que tu ailles mieux.

Non, cela n'allait pas si bien. Elle était capable d'ordinaire de rester imperturbable, quoi qu'Adam dise. Elle tenta de se lever, mais il l'en empêcha.

— Laisse-moi me lever !

— Tu t'es déjà évanouie, aujourd'hui ?

— Non.

La réponse était trop immédiate pour être sincère.

— Combien de fois ?

— Oh, mon Dieu ! Deux fois. Je suis simplement épuisée. Nous avons beaucoup de travail,

Jess a eu la fièvre, et je suis fatiguée. J'ai attrapé un virus qui traînait, ça va passer.

— Ne bouge pas.

— Où vas-tu ?

Elle vit Adam décrocher le téléphone sur son bureau.

— Qui appelles-tu ?

— Quel est le nom de ton médecin traitant ?

Elle tenta de s'asseoir.

— Ne bouge pas, Dana ! Je parle sérieusement. *Son nom !*

— Je peux aller chez le médecin toute seule.

— La preuve !

— Ma maladie ne te concerne pas.

— Elle affecte ton rythme de travail. De plus, je peux difficilement faire semblant de ne rien voir quand tu t'évanouis au bureau. Maintenant, s'il te plaît, donne-moi son nom et son numéro.

— Dr Kennedy, et je vais aller toute seule à son cabinet.

Il ouvrit l'annuaire local et composa le numéro.

— Nous allons voir cela !

Dana prit une expression sidérée.

— Ce n'est pas possible !

— Il semblerait bien que si.

— Non, je ne peux pas.

La doctoresse était pleine de patience.

— Vous l'êtes. De cinq semaines, je dirais.

Dana eut un petit rire nerveux. Elle ne connaissait que trop la date.

— Non, c'est impossible. Nous avons pris des précautions. Nous avons eu des rapports protégés.

— Aucune protection n'est efficace à cent pour cent.

— Il faudrait le mettre sur les boîtes !

La doctoresse continua à sourire avec bienveillance.

— C'est écrit.

— Alors il faudrait de plus grosses lettres, plus grandes que celles du nom du fabricant !

— Je dois donc comprendre que cette grossesse n'a pas été souhaitée ?

C'était le moins que l'on puisse dire. Les conséquences de cette folle nuit dépassaient tout ce qu'elle avait envisagé. Un bébé ? Avec Adam Donovan ? Oh, mon Dieu !

— Non, vraiment, il n'est pas possible qu'une chose pareille m'arrive ! Vous êtes bien sûre ? Certaine ? Vous parlez sérieusement ? Ce n'est pas un plaisanterie ? Vous ne pouvez pas vous tromper ?

— Je vais faire procéder à une analyse pour confirmation, mais ces tests sont fiables, et j'ai vu d'autres grossesses avant, vous savez.

— Oui, bien sûr.

— Que comptez-vous faire en ce qui concerne le père ? Allez-vous le mettre au courant ?

Elle hocha distraitement la tête. Adam était dans la salle d'attente, il ne l'avait pas laissée partir seule. En voilà un qui allait avoir une rude surprise.

— Il faut que j'y réfléchisse.

— Naturellement. Bien, je vous prescris de l'acide folique, du fer et des vitamines. Vous êtes en dessous de votre poids normal, donc faites attention et reposez-vous chaque fois que cela vous est possible. Revenez me voir dans deux semaines, nous prendrons rendez-vous pour l'échographie.

Dana prit l'ordonnance que lui tendait la docto-resse, ouvrit la bouche et la referma. Que dire ? « Merci pour la pire nouvelle de ma vie » ? Ce n'était pas la faute de cette femme. Ce n'était pas ses conseils qui l'avaient menée là.

— Je vous rappellerai.

— Par ici.

Dana franchit la porte.

Au bout du couloir se trouvait la salle d'attente dans laquelle était assis Adam Donovan, célibataire endurci s'il en fut jamais et l'homme le plus agaçant de la planète.

Le père de son enfant.

Le rêve vécu lors de cette soirée débouchait sur quelque chose qui ressemblait davantage à un cauchemar.

Elle qui avait toujours cru que rien n'arrivait sans raison, sa foi allait être mise à rude épreuve. Il allait aussi falloir qu'elle fasse prendre conscience à ses idiotes de sœurs de la stupidité de leurs conseils. C'était très beau, ce qu'elles l'avaient incitée à faire, mais ce ne seraient pas Tess, Lauren ou Rachel qui allaient maintenant en assumer les conséquences !

Elle inspira profondément et avança dans le couloir.

4.

Adam ne quittait pas du regard la porte qui donnait sur le couloir. Il avait les yeux rivés dessus depuis quinze bonnes minutes, depuis que Dana l'avait franchie.

Après deux minutes, il avait admis intérieurement que l'état de santé de Dana le préoccupait. Après cinq minutes, que cela le préoccupait sérieusement. Arrivé à sept minutes, il avait compris que cela signifiait que Dana avait de l'importance pour lui, et cette seule idée paralysa complètement son esprit pendant les huit minutes suivantes.

Après dix minutes, il avait commencé à tourner comme un lion en cage dans la petite pièce. Très bien, elle avait de l'importance pour lui. Cette idée le gênait, mais c'était ainsi. Même une personne aussi irritante que Dana Taylor pouvait inspirer des sentiments. Il faudrait juste qu'il s'habitue à elle.

S'il faisait un effort, peut-être pourraient-ils être amis ou quelque chose comme cela. Après tout, son frère Jack n'était-il pas son meilleur ami depuis des années ? Des relations amicales avec Dana seraient concevables, il pouvait essayer. S'il se donnait du mal, et elle aussi…

Mais si l'autre Dana réapparaissait ? Ce ne serait pas une bonne chose. Etait-ce bien l'expression qui convenait ?

Ce serait *dangereux*. C'était là une description plus correcte de la situation.

Après tout, il était un adepte du célibat et il entendait bien le rester jusqu'à la fin de ses jours. Si la Dana de ce soir-là réapparaissait, son plan serait bien difficile à respecter.

Dana ouvrit la porte de la salle d'attente, lui adressa un simple regard et se dirigea illico vers l'ascenseur. Adam y entra à sa suite et appuya sur la touche 0.

— Alors, qu'a dit la doctoresse ?

— Je vais survivre. Ne te tracasse pas.

— C'est la grippe ?

Elle eut un petit rire hystérique.

— Exactement. La grippe.

— Elle t'a fait une ordonnance ? Je vais aller te chercher les médicaments.

Elle ouvrit de grand yeux effarés.

— Non !

— Ce n'est qu'une ordonnance, Dana. Je vais m'arrêter à la pharmacie sur le chemin du retour, et tu pourras commencer à prendre tes médicaments tout de suite.

— Non, c'est *moi* qui irai !

Il la regarda chercher frénétiquement une poche pour y cacher le papier.

— Allons, donne-la-moi. Tu vas dire que tu es trop occupée pour aller à la pharmacie, et tu vas rester malade pendant des semaines.

— Veux-tu arrêter d'être gentil avec moi ? Cela me met mal à l'aise !

— Ce n'est pas de la gentillesse mais du bon sens. Nous savons tous les deux que tu ne prends jamais soin de toi. La dernière fois que tu as été enrhumée, tu l'es restée pendant un mois parce que tu n'avais pas le temps de croquer de la vitamine C !

— Il fallait que la maladie suive son cours, c'est tout. Je m'occuperai de cette ordonnance ce soir.

— Non, nous allons le faire en revenant au bureau.

Elle trouva enfin une poche dans laquelle

enfouir la feuille de papier, mais au même instant il tendit le bras comme l'éclair et la lui arracha des mains.

La porte de l'ascenseur s'ouvrit au rez-de-chaussée. Il ne bougea pas, les yeux fixés sur l'ordonnance.

— De l'acide folique ?

Elle avala sa salive péniblement.

— De l'acide folique, du fer et des suppléments de vitamines ?

Dana hocha la tête.

— Pour la grippe ?

Elle resta silencieuse.

Il la fixa droit dans les yeux.

— Ce n'est pas la grippe, avoue-le.

Dana secoua négativement la tête.

— Nous avions pris des précautions.

Dana répondit avec un tout petit filet de voix.

— Elles n'étaient pas suffisantes, apparemment.

— Mais nous avons utilisé…

— Je sais, j'étais là. Mais ces choses-là ne sont pas fiables à cent pour cent. C'est ce que m'a dit la doctoresse.

— Ils devraient l'écrire sur les boîtes !

Non pas qu'il les ait jamais lues avant…

— Je lui ai dit la même chose.

Ils se fixèrent mutuellement alors que l'ascenseur s'ouvrait cette fois à l'étage de la chirurgie.

D'un geste mécanique, Adam appuya sur le bouton tout en scrutant le visage défait de Dana. Elle attendait un enfant. *Ils* attendaient un enfant.

— Allais-tu me le dire ?

— Franchement, je ne sais pas. J'avais l'intention d'y réfléchir.

— Vas-tu garder l'enfant ?

Elle détourna les yeux.

Pensait-elle à un avortement ? Cela l'arrangerait, non ? Ils pourraient reprendre leurs vies de célibataires comme si rien ne s'était passé. Peut-être pourraient-ils se permettre de tout oublier ? Mais l'instinct paternel avait déjà pris le dessus en lui. Il n'était pas question qu'elle se débarrasse de *son* bébé.

La porte de l'ascenseur s'ouvrit. La détermination revint sur le visage de Dana.

— Oh, ne t'en fais pas, Adam. Je ne te demanderai pas d'être présent à sa naissance ni à son premier jour à l'université, ni à n'importe quoi entre deux. Tu pourras continuer à mener ta vie de garçon.

Cette fois, Adam la fit sortir à temps de l'ascenseur. Qu'elle était pénible, cette femme ! Il fallait toujours qu'elle tire des conclusions hâtives et erronées !

Il lui fit face et prit son bras.

— Tu me détestes vraiment, n'est-ce pas ?

— En ce moment, répliqua-t-elle en essayant de se dégager, je ne suis pas ta plus grande admiratrice.

Il serra son bras encore plus fort.

— Je ne parle pas seulement du moment présent. C'est ainsi depuis notre première rencontre. Tu ne me connaissais pas depuis cinq secondes que tu me considérais déjà comme la lie de l'humanité. Que me reproches-tu exactement ?

— Il y a des gens qui ne s'entendent pas avec d'autres.

— Non, il y a autre chose. Cela a cessé d'être amusant. Pourquoi ne me dis-tu pas où exactement se trouve le problème ?

— Problème ? Tu veux dire *en dehors* de ma grossesse ?

— Donc, tu gardes cet enfant ?

Elle retint de nouveau ses larmes. Il y avait des sentiments qu'il ne pouvait comprendre.

— Qu'est-ce que ça peut te faire ? Remplir ton

rôle de père ne doit pas vraiment se trouver en tête de tes priorités !

Il ignora le sarcasme.

— Ce bébé est le mien autant que le tien Et si tu as cru une seconde que j'allais vivre en sachant que j'ai un enfant et en refusant complètement de m'en occuper, c'est que tu ne me connais vraiment pas.

Dana resta pétrifiée, le temps de réaliser ce qu'il venait de dire. Elle ne s'aperçut même pas qu'il l'avait lâchée avant qu'il n'ouvre la portière de la voiture.

Après un long moment, il leva les yeux vers elle.

— Tu montes ?

Les pensées se précipitaient dans sa pauvre petite tête. L'espace d'un instant, elle se demanda même si, en se pinçant, elle se réveillerait.

— Comment comptes-tu t'y prendre, Adam ?

— Comment veux-tu que je le sache ? C'est toi qui sais ce que c'est que d'être parent. Mais je ne te laisserai pas faire face toute seule, je te le promets.

— Tu n'es pas obligé.

— Je crois que si.

— Tu sais très bien que tu n'es pas la personne que j'aime le plus au monde.

— Tu me détestes, tu veux dire.

— Cela n'a rien de personnel. Sinon, je ne t'aurais jamais laissé m'approcher d'assez près pour me faire un bébé.

De sa part, c'était presque une confession. C'était aussi la première fois qu'elle reparlait de cette nuit passée ensemble.

— Tu étais différente, cette nuit-là.

— Oui.

— Eh bien, moi non. Celui qui t'a fait l'amour est le même que celui qui est en face de toi.

Dana sentit sa gorge se serrer. Il avait raison, c'était elle qui avait voulu voir les choses différemment l'espace de quelques heures. Le temps de vivre un rêve.

— Nous n'avons pas d'avenir ensemble.

Il inspira profondément.

— Nous avons ce bébé. Il va bien falloir que nous ayons un avenir ensemble, que tu le veuilles ou non.

— Tu te réjouis d'être bientôt père ?

Jack répondit à Adam par un sourire extasié,

tandis qu'ils finissaient d'assembler le berceau dans la chambre nouvellement aménagée.

— Tu ne te rends pas compte. C'est encore mieux que d'attendre Noël.

Adam ne put résister à l'envie de le taquiner.

— Tu es heureux d'avoir à la maison quelqu'un qui aura le même âge mental que toi !

— Tant que tu es là, je ne suis pas le seul.

Ils mirent le meuble en place. Adam parcourut du regard les lapins en peluche et les lettres de bois avec une expression qui fit rire son ami.

Il se sentait traversé par une vague de panique.

La même chose lui arrivait, à lui aussi. C'était pourquoi il avait demandé à Jack son point de vue sur le sujet. Evidemment, il fallait éviter de le faire trop directement et de lui dévoiler la vraie raison.

Après tout, Jack était son meilleur ami et Adam voulait qu'il le reste. Cependant, estimait-il, s'il lui disait en passant qu'il avait rendu une de ses sœurs enceinte après une liaison d'une nuit, leur relation pourrait devenir légèrement différente…

— Tara va bien ?

— Tu parles de sa grossesse ou de sa vie en général ?

— Les deux, je crois.

— Pourquoi me demandes-tu cela ?

— Simple curiosité. J'ai de l'affection pour ton épouse.

— Tant que tu restes à une certaine distance…

— Voyons, des pensées pareilles ne me viendraient pas.

— Parler de la grossesse de Tara n'est pas le genre de conversation qui t'intéresse d'habitude. Les femmes enceintes, ce n'est pas ta tasse de thé, non ?

— Pas d'habitude, non.

— Ne me dis pas que tu as changé. Tu es grillé dans les autres domaines ?

— Très spirituel, Jack.

— C'est une qualité que mon épouse m'attribue.

— Es-tu sûr que cela veuille dire que tu es *amusant* ?

— J'espère qu'elle le voit ainsi.

Ils sortirent de la chambre. Adam put admirer la maison que Jack et Tara avaient aménagée ensemble. Elle était dans un triste état quand ils l'avaient achetée, mais ils en avaient fait un endroit chaud et accueillant. Lui-même avait connu cela pendant son enfance. Pourquoi, s'étonna-t-il, n'avait-il encore jamais songé à recréer cela une fois devenu adulte ?

— Alors, vieux, pourquoi cet intérêt soudain pour ma vie de famille ?

— La curiosité, je crois. Je n'en sais pas beaucoup là-dessus, il faut que je me mette au courant pour le jour où Tara s'enfuira avec moi.

— Alors, répliqua Jack en souriant, je vous retrouverai où que vous soyez et je traînerai Tara de force jusqu'ici. Pas question que mon enfant soit élevé par un play-boy comme toi.

— Tu penses que je ferais un mauvais père ?

— Pardon ? Mais je rêve ! Depuis quand te poses-tu ce genre de question ? Encore que, selon la loi des probabilités, ce soit un miracle que cela ne te soit pas déjà arrivé.

— A t'entendre, on croirait que j'ai couché avec la moitié des femmes du pays.

— Comment ? Ce n'est pas vrai ?

— Le nombre réel est plus modeste. N'oublie pas non plus que nous avons travaillé dur pour établir notre société, ce qui ne m'a pas tellement laissé le loisir de courir les relations sentimentales.

— Certes. J'admets que tu es un travailleur acharné, sans lequel la société n'aurait pas connu un tel succès. Mais enfin, tu n'as jamais manqué de compagnie, non ?

Effectivement, la solitude n'avait jamais été un problème pour Adam. D'un autre côté, sa réputation de coureur de jupons effréné et irrésistible, qu'il aimait à entretenir, était quelque peu exagérée — et cela avait été encore plus vrai ces derniers temps.

— J'ai dû être un peu brusque, reprit Jack. Je ne dis pas que tu ferais un mauvais père. Simplement, je ne t'ai jamais imaginé dans ce rôle.

— Moi non plus, mais la vie a parfois de tels détours… Remarque, peut-être que dans six mois j'aurai totalement oublié cette idée.

— Tu sais, il est inévitable que cela nous effleure de temps en temps. Sinon, nous ne serions pas humains.

— Si je peux me permettre une question… Pourquoi veux-tu un enfant ?

— Je vais être très franc. J'aime ma femme, et je ne vois pas de meilleur moyen de le clamer au monde entier que d'avoir un petit enfant courant dans cette maison, et qui soit moitié elle, moitié moi. Oh ! cela te fera peut-être rire, mais c'est ce que je ressens, et personne ne me fera changer d'avis. Lorsque je ne serai plus là, cet enfant sera encore là, évoluant dans la vie, riant, commettant des bêtises... C'est comme si Tara et moi étions là pour toujours.

Adam opina. Ce que disait Jack était sensé, simplement, il n'y avait jamais songé avant.

Il revint à sa question de départ.

— Tara va bien ?

Jack parut étonné de cette obstination et le lui fit comprendre d'un regard. Il devait avoir des soupçons. Adam ne se montrait pas désireux d'en parler ? O.K., Jack attendrait. Il savait être patient.

— Elle est parfois fatiguée, mais je veille à ce qu'elle se repose et qu'elle mange comme il faut. La mère doit être en bonne santé pour que l'enfant le soit aussi.

— Tant qu'elle se repose et qu'elle mange suffisamment, il n'y a pas à s'en faire ?

— Eh bien, on est toujours inquiet les premiers mois à cause du risque de fausse couche, et puis cela passe.

— Tara ne court plus ce risque ?

—Avec elle, c'eût été étonnant. Elle a une santé de fer. Je crois que c'était moi le plus nerveux des deux, après tout ce que j'ai vu Dana endurer durant sa grossesse.

L'inquiétude envahit Adam.

— Quoi ?

— Oh, j'oubliais que vous ne parlez jamais ensemble de votre vie privée. Tu n'es pas au courant ?

— Non.

Jack hésita.

— Eh bien, vas-y, l'encouragea Adam. En sachant ce qui s'est produit, je pourrai mieux la comprendre. Notre relation au travail sera peut-être meilleure…

— Dana a essayé d'avoir un autre bébé quand elle était mariée avec Jim. Elle ne voulait pas que Jess soit fille unique, c'était important pour elle…

Adam pouvait le comprendre : il avait été fils unique. De là lui venaient les seuls regrets concernant son enfance.

— Mais il est peut-être inscrit dans le destin que certaines choses ne doivent pas arriver, reprit Jack. En fin de compte, c'était peut-être mieux ainsi. Dana, bien évidemment, ne l'a pas vu comme cela.

Adam ouvrit de grands yeux quand il comprit.

— Tu veux dire qu'elle a fait une fausse couche ?

— Deux fausses couches.

5.

Quand la porte s'ouvrit, Adam dut se pencher pour regarder son interlocutrice.

Une Dana Taylor miniature l'observait, l'air sur ses gardes. La petite fille inclina la tête sur le côté et fronça les sourcils. Une attitude typique de la famille Lewis.

— Bonjour.

Elle le fixait droit dans les yeux. Encore un trait qui lui venait de sa mère. Dana n'avait jamais permis à sa fille de venir sur son lieu de travail, elle ne souhaitait sans doute pas qu'ils se rencontrent.

Adam sourit.

— Tu es Jess.

— Vous êtes Adam Donovan.

— Oui.

— Je vous ai déjà vu, vous travaillez avec ma mère.

— Oui, répondit-il avec un sourire.

Dana avait donc parlé de lui à sa fille.

— Hum… Je l'ai entendue dire un jour qu'elle souhaitait vous voir rentrer dans votre caverne.

Le sourire d'Adam disparut.

— Où est ta mère ?

— Tout au bout.

— Du monde ?

Jess eut un petit rire.

— Non, au bout du toit.

Sur le *toit* ? Que faisait Dana sur un toit avec le bébé ?

Adam entreprit aussitôt de faire le tour de la maison au pas de course.

Après avoir passé le coin de la ferme, il la vit en effet, marchant sur le toit sans grande assurance. Elle portait une salopette trois fois trop large et une casquette de base-ball sous laquelle sortait une queue-de-cheval. Il nota qu'elle ne ressemblait pas à Mademoiselle Parfaite, mais c'était une considération secondaire, par rapport au fait qu'elle était vraiment sur un fichu toit !

— Mais qu'est-ce que tu fabriques là-haut ?

Elle se retourna précautionneusement.

— Et toi, que fais-tu ici ?

— Descends de ce toit tout de suite ! A quel point peux-tu être stupide ?

La réponse méritée aurait dû contenir de longues explications, vu son état, mais elle se garda bien d'en faire la remarque. Au lieu de cela, elle posa son seau et releva sa casquette pour mieux le toiser.

— Je ne descendrai pas. C'est *mon* toit, Je le *répare*. Quand bien même je monterais sur vingt toits par jour, ce ne sont pas tes affaires.

— Ce sont mes affaires si tu ne vas pas bien. Descends de là.

— Je ne peux pas.

— Tu es coincée ?

— Non, je dois réparer ce toit. Il fuit.

Adam inspira profondément.

— Alors laisse-moi le faire. Tu ne dois pas monter sur un toit dans ton état.

Elle mit le poing sur la hanche d'un air de défi.

— Qu'est-ce que tu as fait pendant tout ce temps ? Tu t'es renseigné sur mon état ?

L'expression d'Adam se fit inquiétante.

— Descends, ou je monte te chercher

Elle scruta son visage.

Il était sérieux. La position de ses épaules, la

lueur dangereuse dans ses yeux ne pouvaient pas tromper.

Ses hormones femelles devaient agir en elle, car elle le trouvait incroyablement sexy. Elle se rendit soudain compte à quel point il pouvait ressembler à un petit garçon. Sous un certain éclairage, on aurait pu lui donner dix-huit ans.

Elle fut alors frappée d'une vision, celle d'un petit garçon qui lui ressemblait et qui était encore plus jeune. Les hormones vous jouent parfois de drôles de tours.

— Sais-tu au moins *comment* on répare un toit ?

— Tu ne le sauras pas tant que tu ne seras pas descendue. C'est encore une question à laquelle tu ne peux pas répondre, parce que tu ne me connais pas. Maintenant, descends.

Elle marcha lentement vers l'échelle dressée sur le côté.

— Je ne descends que par curiosité. Je n'agis pas par contrainte, je veux simplement savoir ce que tu vas faire du toit.

— Très bien. Comme tu veux.

Quand elle toucha terre, il posa ses mains

sur ses épaules et la fit pivoter pour la voir de face.

— Promets-moi que tu ne joueras pas à l'équilibriste dès qu'une nouvelle occasion se présentera.

— Je fais tout ce que je peux faire moi-même, c'est moins cher. Je ne cherche pas à prouver quoi que ce soit.

— D'accord. Néanmoins, il faut que tu fasses attention. Pour vous deux.

— Pour l'amour du ciel, Adam ! Tu n'as pas besoin de jouer les protecteurs !

Mais il ne l'entendait pas de cette oreille.

— Je veux une liste de tout ce qui a besoin d'être fait, à n'importe quelle hauteur. Dedans *et* dehors. Et une liste de toutes les choses lourdes à porter.

— Envisages-tu sérieusement de faire cela pendant les sept ou huit mois qui viennent ?

— J'en ai bien l'impression.

— Cela ne va pas perturber ta vie ?

Et elle croyait que devenir père n'allait rien y changer ?

— J'estime tout simplement que je n'ai pas le choix.

Le visage de Dana continuait d'exprimer un

très net manque d'enthousiasme. Apparemment, le voir présent chez elle était une perspective plus effrayante que celle d'être enceinte.

Elle haussa finalement les épaules.

— Très bien, Adam. Je vais te dresser une liste. Tes désirs sont des ordres.

Il avait gagné. Enfin, plus ou moins. Pourquoi ressentait-il maintenant l'impression qu'elle avait été la plus maligne ? A ce moment, il eut vraiment envie de l'étrangler.

Dana vit la nuit arriver avec un vague sentiment de culpabilité. Adam travaillait depuis des heures. C'était étonnant, comme le sentiment de responsabilité pouvait changer un homme adulte. Il était vraiment décidé à suivre scrupuleusement la liste.

Une liste où elle avait mis toutes sortes de choses qu'elle n'aurait jamais tentées toute seule...

La dernière fois qu'elle l'avait vu, il balayait la sciure qui s'était déposée sur le sol du garage quand il avait scié du bois. Il était alors très concentré. Elle l'avait entendu jurer une paire de fois après avoir fait tomber quelque chose ou peut-être après un coup de marteau sur les doigts, mais l'impression générale qu'il donnait était celle d'un bricoleur avisé, peut-être pas exactement expert, mais en tout cas très sérieux.

Elle y pensait tout en s'occupant de ses factures sur la table de la cuisine.

Pendant qu'elle remplissait les enveloppes, elle ne pouvait s'empêcher de se dire que, quand Adam s'en donnait vraiment la peine, il pouvait être quelqu'un de plutôt bien. La liste de ses qualités s'allongeait trop, il allait falloir qu'elle déclenche une bonne dispute pour pouvoir le détester de nouveau.

Avec un soupir, elle signa un chèque, repoussa la paperasse et allongea les jambes. Elle avait oublié la fatigue des débuts de grossesse. Sans compter le stress causé par le fait qu'elle soit enceinte et par la manière dont c'était arrivé. Le tout ne faisait pas un mélange agréable — du moins, pas pour elle.

Elle aurait préféré l'éviter, si elle avait pu. Au moins, ne pas avoir un enfant avec *lui*. Mais cet enfant était là, il faisait partie d'elle. Une partie d'elle-même qu'elle était incapable de nier.

Si cela ne s'était pas produit avec Adam, la situation aurait été moins compliquée. Toutefois, c'était peut-être sa dernière chance. Elle ne connaîtrait peut-être plus la joie qu'elle avait éprouvée quand elle était devenue la mère de Jess.

Elle promena la main sur son ventre. Elle voulait cet enfant. Et puis, s'il était aussi beau que son père, ce serait une consolation.

Ce fut Jess qui ramena Adam dans le salon quand il fit noir.

La petite était restée avec lui pendant la plus grande partie de l'après-midi, à lui montrer où trouver tout ce dont il avait besoin. En tout cas, il avait moins de mal à communiquer avec elle qu'avec sa mère, elle était moins compliquée qu'il ne l'avait supposé. Il savait donc parler à un enfant ? Cela le rassurait à moitié.

Dommage que le bébé ne puisse pas naître en ayant déjà atteint l'âge de dix ans !

L'intérieur de la maison était dans un état de chaos complet. Pour une personne aussi organisée que Dana, c'était surprenant. Chez elle, elle était à l'opposé de la Dana du bureau.

Chaque pièce était pleine de meubles confortables, avec des couleurs qu'un décorateur n'aurait jamais associées, mais qui, étrangement, allaient bien ensemble. Il y avait des livres, des jouets, des piles de linge. Aux murs, étaient fixés des dessins d'enfant et quelques tableaux qui devaient être de la main de Dana.

Cette maison était plutôt agréable, elle lui rappelait l'autre Dana, celle à qui il avait fait un enfant. Celle qui lui plaisait tant.

En entrant dans le salon, ils la découvrirent endormie.

Elle était splendide. Il avait entendu dire que les femmes ne sont jamais aussi belles que quand elles sont enceintes. C'était peut-être vrai, mais il y avait une autre explication : ce n'était pas la Dana du travail, précise et ordonnée, qu'il avait devant lui. Cette Dana-ci était décoiffée, douce, sexy, comme lors de leur nuit ensemble.

Il s'approcha d'elle, fit tourner une mèche de ses cheveux autour de son doigt, puis il regarda sa bouche, rose, légèrement ouverte. Et il se souvint.

Son corps se souvint aussi. Il lâcha la mèche et recula de quelques pas.

C'était sans doute cela, ce piège dont il avait entendu parler, celui auquel les hommes se laissent prendre, qu'ils le veuillent ou non.

Il avait résisté jusqu'alors, mais cela devenait très difficile.

Il sortit de la pièce. Au même moment, la sonnette retentit.

Sans réfléchir, il alla ouvrir, pour voir Jim Taylor le regarder droit dans les yeux.

— Je peux vous aider ?

— Vous êtes Adam ?

Il hocha la tête.

— Je suis…, dit Jim en tendant la main.

— Je sais qui vous êtes, coupa Adam sans lui serrer la main.

Il ne put résister à l'impulsion, venue du fond de sa nature masculine, de se redresser de toute sa taille. C'était quelque peu puéril, mais après tout, il était *dans* la maison et Jim était *dehors*. Au fond, il ne détesterait pas que cette situation devienne la règle.

Jim se redressa également. Comme ils étaient aussi grands l'un que l'autre, aucun ne prit l'avantage.

— Dana est-elle là ?

— Elle dort. Elle a dû oublier que vous deviez passer.

— Ce n'était pas prévu, expliqua Jim avec un regard froid. Jess a laissé des affaires scolaires chez moi hier, alors je les rapporte.

L'excuse était des plus naturelles, songea

Adam. Jim en faisait-il une habitude ? En tout cas, cela ne lui plaisait pas trop.

Une porte du couloir s'ouvrit et Dana apparut, encore à demi assoupie.

— Ai-je dormi longtemps ?

— Pas tant que cela, ma belle.

Dana allait répliquer quand elle s'aperçut qu'ils n'étaient pas seuls.

— Oh, Jim !

— Bonsoir.

— Tu as rencontré Adam ?

— Nous étions en train de faire connaissance.

Dana regarda le visiteur d'un air soupçonneux.

— Et que fais-tu ici ?

Ah. Ainsi, il *n'avait pas* l'habitude de rapporter des affaires en dehors des visites autorisées. La raison de sa présence était donc tout autre.

— Jess a laissé ceci derrière elle, dit Jim en soulevant un cartable. Je suis venu le déposer.

Adam amena soudain Dana au creux de son bras.

— Jim est très serviable, ne trouves-tu pas, chérie ?

Dana fronça les sourcils.

— Habituellement, c'est moi qui passe mon temps à parcourir la ville pour récupérer ce que Jess laisse derrière elle.

Les yeux de Jim allèrent de Dana à Adam.

— Cela ne me dérange pas de venir. En fait, je crois que je vais le faire plus souvent.

Adam fronça les sourcils tandis que Dana restait bouche bée.

— Pour quelle raison, exactement ? parvint-elle enfin à demander.

— Parce que je voudrais voir Jess plus souvent.

— Pourquoi ? insista Dana, le regard presque accusateur. Tu n'as jamais exprimé un tel désir pendant les quatre dernières années.

Adam comprenait, lui. Pour quelque raison inexplicable, cela lui paraissait clair comme de l'eau de roche : si *son* enfant avait une nouvelle figure paternelle dans sa vie, ne voudrait-il pas vérifier qu'il s'agissait de quelqu'un de bien ?

Mentalement, il rassembla les pièces du puzzle. Il se voyait maintenant comme un second père pour Jess. Pourquoi n'avait-il jamais eu envie de jouer ce rôle avant ? Il en avait, de jeunes cousins et cousines auprès de qui il aurait pu le faire depuis longtemps. Les occasions s'étaient comptées par dizaines. La véritable explication était plutôt dans le piège déjà évoqué, qui se refermait visiblement sur lui…

Il serra Dana contre lui, en espérant que les paroles de Jim n'avaient pas le sens qu'il imaginait.

— Je suis sûr que Jess appréciera, commenta-t-il.

Dana le considéra avec surprise.

— Tu crois qu'il serait bon que Jim vienne plus souvent ?

Eh bien, s'il était franc…

— Pour Jess. Il est bon qu'un père passe du temps avec ses enfants.

Dana comprenait-elle qu'il ne faisait pas seulement allusion à Jess ?

— Oui, je connais tes idées sur ce point, opina Dana. Surtout quand le père montre cet enthousiasme depuis le début.

Jim fronça les sourcils.

— Tu as parlé à ce type de ma relation avec Jess ?

Il le montrait du doigt, ce qu'Adam trouva pour le moins désobligeant.

— Non, je n'ai pas…

— Je ne veux pas que tu parles de ma vie privée avec ton nouveau petit ami. Qui sait combien de temps il sera là ?

Jim tentait d'adoucir son propos par ce qui ressemblait à un vague sourire, mais Adam ferma le poing. Cela faisait deux fois en deux répliques. A la troisième...

Dana dut sentir la tension qui s'emparait de lui, car elle prit son bras, laissa descendre sa main jusqu'à ce qu'elle trouve le poing, et commença à l'ouvrir de ses doigts fins tout en se serrant contre lui.

Elle dirigea vers Adam un sourire forcé.

— Comptes-tu venir souvent chez moi, *chéri* ?

— Bien sûr, répondit Adam avec un sourire sincère.

Puis il surprit tout le monde en embrassant Dana sur la bouche. Ensuite, il se tourna vers Jim.

— Je serai souvent ici. Vous aurez l'occasion de me revoir.

Il lâcha Dana.

— Mais le temps que tu passeras avec Jim, murmura-t-il en se penchant vers son oreille, cela ne regarde que toi. Je te reverrai demain, conclut-il avec son plus beau sourire.

Sur ce, il descendit l'allée d'un pas triomphant, et, chose incroyable, en sifflant de joie, comme pour célébrer une victoire.

6.

Le téléphone portable d'Adam sonna alors qu'il garait sa voiture près de l'immeuble où il habitait, au bord de la rivière. Après un coup d'œil à l'écran il appuya sur la touche « réponse ».

— Eh bien, ma belle, je te manque déjà ?

La voix de Dana retentit dans toute la voiture grâce aux haut-parleurs qui permettaient de garder les mains libres.

— Appelle-moi encore une fois comme cela et je te jure que je te tuerai à mains nues.

Il pensa qu'il y avait bien d'autres choses qu'elle pouvait faire de ses mains nues…

— Très bien. Que préfères-tu ? « Ma chérie », « ma cocotte » ? N'importe quoi, du moment que tu infliges une bonne leçon à Jim ?

— C'est ce que tu voulais faire ?

— Qu'est-ce que tu croyais ?

Il y eut un silence.

Adam espéra qu'elle ne prendrait pas trop au sérieux son attitude possessive. C'était elle qui, sans le savoir, mettait le piège en place, et avec un grand succès : il était inutile qu'elle s'en rende compte. Ou qu'elle mesure la peur que ce piège lui inspirait. De toute sa vie, il n'avait pas connu de frayeur pareille, à part peut-être à l'âge de quatre ans, quand un cousin lui avait dit que des monstres vivaient sous l'escalier.

— Je n'avais pas réalisé que nous étions encore en train de pratiquer ce jeu.

— Tu as pourtant bien joué ton rôle.

Elle n'avait pas été bien sûre de ce qui se passait, et avait apprécié, un court instant, qu'il se montre possessif avec elle. Pouvait-elle aussi en accuser ses hormones ?

— D'accord. Mais… il faudra bien l'informer que je suis enceinte.

— Ce ne sont pas ses affaires.

— Il finira bien par le voir.

— Certes. Quand veux-tu le lui dire ?

Il serait près d'elle à ce moment-là. Accompagner Dana à chaque étape était devenu important pour lui.

Elle attendit quelques instants, avant de répondre d'une voix mal assurée :

— J'attendrai un peu. Le temps que tout aille bien.

Jusqu'à ce qu'elle soit sûre de ne pas perdre le bébé ? L'idée lui faisait peur, autant qu'à elle. Il n'avait jamais projeté d'avoir un bébé, mais à présent il ne voulait plus le perdre. Il inspira profondément.

— Jack m'en a parlé.

— De quoi ?

— De ceux que tu as perdus.

— Tu lui as dit que j'étais enceinte.

— Non, bien sûr. Inutile de provoquer une bagarre.

— Alors, comment l'as-tu appris ? répliqua-t-elle avec colère. « Il fait beau aujourd'hui, superbe match, hein ? Oh, à propos, Adam , ma sœur a eu des fausses couches, j'ai pensé qu'il était préférable que tu le saches au cas où tu la rendrais enceinte. »

— Non, je lui ai posé des questions sur la grossesse de Tara, et la conversation en est venue là. Mais tu aurais dû me le dire.

— C'est pour cela que tu me suis partout ? Pour me protéger ?

— En partie.

— Et le reste de tes raisons, c'est quoi ? Le plaisir de m'irriter ?

— Non, répondit-il en sentant à son tour la colère monter en lui. J'ai besoin de veiller sur toi.

— Cela s'appelle de la culpabilité.

— Cela s'appelle assumer ses responsabilités.

— Tu plaisantes ? Tu ne saurais même pas épeler ce mot.

— Je ne serai peut-être jamais un bon mari, mais je me donnerai tout le mal qu'il faut pour être un bon père. Si tu me permets d'essayer.

— Pourquoi ? Tu ne vas pas prétendre que tu voulais que cela arrive !

— Aucun de nous deux ne l'a voulu. Mais le bébé est là maintenant. Cela veut dire que nous allons devoir faire mutuellement des concessions pour nous adapter à la situation. Nous sommes des adultes, nous pouvons faire face.

— A moins que je ne perde le bébé.

— Je ne laisserai pas cela arriver.

— Il n'est pas en ton pouvoir de contrôler de telles choses. Le problème vient de moi. Quelque chose en moi n'est pas normal.

— Dana, cela ne vient pas de toi, arrête. Il pouvait y avoir quantité de raisons. C'est peut-être simplement que certains enfants ne sont pas destinés à naître.

— Et celui-ci l'est ?

— Il y avait quatre-vingt-dix-neuf pour cent de chances qu'il ne soit pas conçu. Il a déjoué les probabilités. Crois-moi, il est bien déterminé à venir.

— Nous y revoilà. Tu joues de nouveau le jeu de la gentillesse à mon égard. Tu ne devrais pas, à cause de mes hormones. C'est dangereux.

— Parce que tu vas pleurer ?

— Non ! Parce que je pourrais me mettre à avoir de l'affection pour toi, alors que je me suis promis que cela n'arriverait pas.

— Tu en as déjà, Dana. C'est juste que tu ne veux pas l'admettre.

Il se décida à faire un grand pas dans sa direction.

— Je te trouve beaucoup de qualités.

— Tu le caches bien.

Pendant cette conversation, Adam avait ramené sa voiture devant la maison de Dana. Il retira le téléphone portable de son support, descendit et alla frapper à la porte.

Dana ouvrit, son propre téléphone encore à la main.

Il sourit en voyant ses yeux humides. Mettant fin à la communication téléphonique, il lui prit la main et entra avec elle.

— Nous allons vivre cela à deux, et ça marchera. Fais-moi confiance. Je ne vais pas abandonner cet enfant, et je serai avec toi à chaque étape.

Dana sentit sa gorge se serrer.

Adam avait trouvé les mots qu'il fallait. A propos du bébé, de sa volonté d'être un bon père, et d'être à ses côtés pendant la grossesse. Les deux fois, Jim lui avait déclaré qu'elle n'était pas normale parce qu'elle ne pouvait pas porter un bébé jusqu'au terme de sa grossesse. Mais Jim ne voulait pas d'autre bébé, contrairement à elle. Elle était capable d'un amour inconditionnel pour un enfant. Sa fille était une source de joie immense, les sentiments qu'elle éprouvait pour son mari n'avaient jamais approché cela. Elle était une bonne mère et voulait encore d'autres enfants pour leur prodiguer l'amour maternel qu'elle n'avait pas connu assez longtemps. Seulement, chaque fois, l'enfant lui était enlevé. Serait-ce différent cette fois ?

Adam avait laissé de côté, comme si cela ne valait pas la peine d'être dit, la chose qui avait le pouvoir de tout rendre meilleur : il avait de l'affection pour elle. Elle n'en espérait pas autant. Mais son instinct maternel exigeait plus. Elle voulait que ce bébé ait des parents qui s'aiment. Parce que sa fille n'avait pas connu cela, elle non plus. Cette fois, cela aurait dû être différent, si seulement cela s'était passé avec un autre homme…

— Tout ira bien, Dana.

Il caressa ses cheveux quand elle laissa finalement couler ses larmes.

Adam était là pour le bébé, c'était tout. Elle le savait. Simplement, il était difficile de dire adieu à son rêve de famille unie.

Adam entra en rasant presque les murs dans le magasin d'articles pour bébés. Il avait bien vu à la télévision des histoires sentimentales avec des grossesses, des enfants qui naissent, mais tout cela appartenait à un autre monde, presque une autre galaxie. Où il se voyait maintenant précipité.

C'était vraiment un endroit étonnant. Qui aurait cru que des êtres aussi petits avaient besoin de tant de choses ? Comment les gens pouvaient-ils, financièrement, se permettre d'avoir plus d'un enfant ? Ou même un seul ? Non pas que l'argent soit un problème pour lui. En plus de sa société qui marchait bien, il avait des revenus autres que professionnels, grâce à la générosité d'une vieille tante célibataire et au flair de son père en matière d'investissements. Toutefois, s'il fallait déjà dépenser tant d'argent dès le départ et si les prix augmentaient avec l'âge de l'enfant, il allait devoir y consacrer une part non négligeable de ses revenus.

Passant dans les rayons, il choisit un article, puis un autre — jusqu'au moment où il lui fallut un Caddie pour les mettre tous. Une demi-heure plus tard, un vendeur lui fit remarquer qu'il n'avait que des articles pour garçons. Il parcourut de nouveau le magasin pour acheter une quantité égale d'articles pour filles. Avec la grossesse de Tara, il avait des chances de pouvoir tout offrir…

— Adam ? dit une voix féminine. Adam Donovan ?

Il se retourna vers une blonde dont le visage lui rappelait quelque chose. Pourtant, son nom lui échappait.

— C'est bien *toi*. Eh bien, si je m'attendais à te voir ici…

Il se souvint.

— Gillian ?

Adam se força à sourire. C'était la fille de la meilleure amie de sa mère.

Cette dernière avait longuement insisté pour qu'il fréquente de jolies et charmantes jeunes femmes afin d'en épouser une un jour, pour avoir des petits-enfants à gâter. Parmi d'autres, elle l'avait poussé à fréquenter Gillian... Mais celle-ci n'avait été qu'une relation encore plus passagère que les autres.

— Je suis heureuse que tu te souviennes de moi. Après tout, nous ne sommes sortis ensemble qu'une paire de fois.

— Oui, il y a longtemps.

— A tel point que j'ai eu le temps d'avoir deux enfants depuis.

Elle passa la main sur son ventre rond.

Adam ouvrit de grands yeux. Dana allait être ainsi ?

— Félicitations.

— Tu achètes vraiment beaucoup. Qui sont les heureux parents ?

Le vendeur revint avec les brochures qu'il avait demandées.

— Monsieur Donovan ? Le directeur m'assure que nous avons ces meubles en entrepôt. Si votre bébé arrive dans sept mois, passez commande dans cinq.

— Merci.

— *Ton* bébé ? C'est curieux, ma mère ne m'a jamais dit que tu t'étais marié.

— Je ne le suis pas. C'est juste que…

— Oh, je n'ai pas besoin de savoir, ne t'en fais pas. Mais c'est bien que tu t'intéresses à tout ça. Je ne t'aurais jamais imaginé en père.

— Savais-tu, toi-même, ce que c'est que d'être mère avant de le devenir ?

— Non, excuse-moi. Je ne voulais pas t'offenser, Adam.

— Ce n'est pas grave.

— Tu verras, être parent est la plus belle chose qui puisse t'arriver dans la vie. Nous savons tous combien tu es sérieux dans tout ce que tu fais.

— Gillian, il est temps de partir, annonça une voix féminine.

— J'ai été contente de te rencontrer. Cela fait plaisir de voir un célibataire qui prend la paternité au sérieux. Ce n'est pas le cas de tous. A propos, je te verrai à la réception de tes parents. Au revoir !

— Gillian, je…

— Au revoir.

Adam se trouvait face à un nouveau dilemme.

La réception en question aurait lieu le vendredi soir. Il allait devoir fournir des explications. Comment devait-il s'y prendre ? Présenter Gillian à Dana ? Et ensuite, si ses parents savaient ?

On n'était encore que lundi. Une étape à la fois. Il avait trois jours et demi devant lui. De quoi faire beaucoup de choses.

Etrangement, l'ambiance au travail était maintenant meilleure.

C'était surprenant, en particulier pour Jack qui effectuait une de ses rares visites au bureau. D'habitude, il travaillait soit chez lui, à concevoir des projets, soit dans les maisons des clients, où il supervisait la réalisation.

Par conséquent, quand il venait au bureau, il remarquait les changements. Comme les coups d'œil qu'Adam lançait vers Dana régulièrement…

— Donc, les fondations sont en place pour les Johnston, et la maison Lamont est au stade de l'organisation générale.

Adam glissa un regard en coin vers Dana qui revenait avec des cafés sur un plateau. Ils échangèrent un sourire.

— Bon, asséna Jack. Maintenant, dites-moi un peu ce qui se passe !

— Rien, assura Dana en prenant un air étonné.

— Pourquoi cette question ? s'enquit Adam.

— Que veux tu dire exactement ? ajouta Dana. Tu es mécontent d'une modification sur les plans ?

— Il ne s'agit pas de cela. Depuis combien de temps êtes-vous en bons termes, tous les deux ?

Adam haussa les épaules.

— Nous ne nous chamaillons pas vingt-quatre heures par jour. Tu es tombé dans un moment de répit.

Les yeux bleus de Jack fixèrent ceux de Dana, qui lui renvoya un regard identique.

— Nous avons *décidé* d'être polis de temps à autre.

— Cela améliore la productivité au travail, renchérit Adam nonchalamment.

Il n'aurait jamais cru qu'il serait si plaisant de prendre le parti de Dana contre son meilleur ami.

— Voilà que vous vous unissez contre moi, s'indigna Jack. Que me cachez-vous ? Nous avons des difficultés financières ? Un client mécontent nous attaque en justice, ou quoi ?

119

— Tu paniques pour rien, le rassura Dana avec un sourire. La société se porte bien. Aucun client ne nous traîne en justice. Adam et moi avons simplement décidé une trêve.

— Très bien, dit Jack après un temps de réflexion. Je ne souhaite pas entrer dans les petits jeux auxquels vous vous livrez pour vous torturer mutuellement. Tâchez quand même de vous en sortir sans dommage.

— Nous essayerons, promit Adam.

Jack reporta son attention sur les plans, avant de remarquer à son intention :

— Au fait, Tara trouve que vendredi est une très bonne date.

— Tant mieux.

Dana leva un sourcil interrogateur. Elle ne savait pas ce qui était prévu le vendredi. Jugeant sans doute que cela ne la concernait pas a priori, elle ramassa ses plans et les porta sur son bureau, à l'autre extrémité de la pièce.

Adam la suivit, tandis que Jack restait assis, étudiant ses propres plans.

— Il se passe quoi ? chuchota Dana.

— Rien.

— Vraiment ?

Adam alla chercher un autre plan, un bloc-notes et divers papiers.

— Peux-tu vérifier que la partie C correspond bien au projet Murphy ? demanda-t-il.

Et il plaça devant elle un carton d'invitation à la réception donnée le vendredi soir par M. et Mme Georges Donovan pour leur quarantième anniversaire de mariage.

— Eh bien ? demanda-t-il.

Dana prit une feuille du bloc-notes et griffonna :

« Moi ? »

Il hocha la tête.

« Avec toi ? »

Nouveau hochement de tête.

Dana ne put maîtriser un petit rire, et Jack tourna la tête.

— Vraiment, s'exclama-t-elle à l'intention de son frère, l'écriture d'Adam est pire que celle de Jess.

Adam prit une feuille à son tour.

— Alors ?

Elle chassa avec peine de son esprit le souvenir de leur sortie précédente et secoua négativement la tête.

Adam fronça les sourcils. Il n'avait manifestement pas l'habitude qu'on lui dise non.

— J'ai dû mal m'exprimer, grommela-t-il.

Il griffonna : « Pourquoi ? Tu as trop la frousse ? »

Elle prit la feuille et y écrivit sa réponse :

« Je ne veux pas. »

« Quel mal cela te ferait, pour une soirée ? »

« Regarde le résultat de la dernière ! »

— Décidément, dit Adam tout haut, quelle étroitesse d'esprit !

— Ah, remarqua Jack, cela ressemble plus à vos conversations habituelles !

— Et toi, tu as encore cinq visites dans la journée, alors je suggère que tu t'y mettes tout de suite, lança Dana avant de quitter le bureau pour gagner la salle de réception.

— Ce qu'elle peut être irritante !

— Que lui as-tu fait, cette fois ?

Adam ne répondit pas à la question.

— Je reviens dans une minute. Dans le cas contraire, appelle une ambulance.

— Pour lequel de vous deux ?

Adam suivit Dana, qui mettait en ordre le bureau de la réceptionniste, temporairement absente.

— Deidre déteste que tu fasses cela.

— Je le fais parce que c'est nécessaire.

Adam se plaça en face d'elle.

— Je veux que tu viennes avec moi.

— Pourquoi ?

— Parce que ce serait une bonne idée que mes parents rencontrent la mère de leur futur premier petit-enfant.

— Je ne sais pas m'y prendre avec les parents de mes amis.

— Que veux-tu dire ?

— Peu importe. Je ne viens pas.

Adam posa doucement les mains sur ses épaules.

— C'est important, Dana.

— Pourquoi ?

— Parce que, dit Adam de sa voix la plus basse et la plus envoûtante, jointe au contact de sa main sur celle de Dana, quand nous aurons ce bébé, je veux que mes parents jouent un rôle important dans sa vie, comme ils l'ont fait dans la mienne. Et comme tu es la *maman*, il faut qu'ils te connaissent.

Dana, encore une fois, resta silencieuse après l'avoir entendu. Rêvait-il, ou elle avait rougi ?

— Evidemment, des grands-parents pleins d'affection seraient une bonne chose pour le bébé.

Les parents de Jim s'intéressent fort peu à Jess, ce qu'elle vit mal… Je vais y réfléchir. Mais tu ne nous présenteras pas comme un couple qui sort ensemble.

— Tu as peur de quoi ? De céder de nouveau à la tentation ?

— Et toi ?

— Eh bien, il n'y aurait pas de risque cette fois-ci, non ?

— Effectivement.

— Même si nous savons que nous pouvons nous accorder.

Un frémissement traversa Dana.

— C'est vrai.

— Y penses-tu encore ?

— A cette nuit ?

— Oui.

Elle ferma les yeux. Sa réponse vint en un murmure.

— Oui.

— O.K., cria Jack depuis l'autre pièce. J'appelle une ambulance !

7.

En conduisant vers la maison de Dana, Adam se demandait ce qui pouvait bien expliquer, de manière réaliste, l'attirance subite qu'il éprouvait pour une femme enceinte.

La vérité était tout simplement qu'il ne s'agissait pas de n'importe femme enceinte, mais de Dana Taylor. Une Dana Taylor dont la personnalité révélait chaque jour une facette nouvelle. Cela faisait beaucoup de découvertes.

En temps, normal, il en aurait parlé à Jack, entre copains. D'autant plus qu'il était dans une phase où quelques bons conseils auraient été utiles.

Il sourit à l'ironie de cette idée. Compte tenu des circonstances, que pouvait-il *vraiment* attendre de Jack ?

Quant à ses autres amis célibataires... Après avoir fini de pouffer de rire, ils lui auraient conseillé de prendre ses jambes à son cou et de disparaître. Il n'était pourtant pas un rebelle, refusant les relations humaines telles qu'elles existaient dans la société qui l'entourait. Non, il se jugeait tout à fait normal. Il avait un bon métier, un revenu conséquent et possédait son propre logement. Simplement, il n'avait aucun désir de s'engager avec une femme. En tout cas, pas dans le présent ni dans l'avenir proche. Quel mal y avait-il à cela ?

La plupart des hommes de son âge — la trentaine légèrement dépassée — ne voyaient évidemment pas les choses ainsi. « Tu n'as pas encore rencontré la femme qu'il te faut », entendait-il souvent de la part de ses connaissances des deux sexes. C'était peut-être vrai. Jamais une femme ne lui avait inspiré de sentiments assez forts pour qu'il veuille passer sa vie avec elle.

Mais maintenant, il allait partager le rôle de parent avec Dana. Cela créait en lui une sensation qu'il ne pouvait expliquer. Un peu comme s'il était tout étourdi.

A part cela, on était jeudi et il n'avait encore rien dit à ses parents. Il avait largement de quoi s'occuper l'esprit.

—Tu es *quoi* ?

Au ton de Jim, Dana regretta de ne pas avoir eu

le temps de le préparer psychologiquement. Elle n'avait pas pu aborder la question la dernière fois, alors elle était allée droit au but.

Les choses s'étaient mieux passées la veille, quand elle avait informé Jess. Malgré ses craintes, sa fille avait bien pris le fait de ne plus être fille unique, et mieux encore celui de voir Adam régulièrement.

— Il ne me dérange pas.

Venant d'un enfant de son âge, c'était presque un éloge.

— Vraiment ?

— Oui. Il rend bien service, plus que papa, et il ne me parle pas comme à un bébé.

— Cela ne t'ennuie pas que nous ayons un bébé dans la maison ?

— Plusieurs de mes copines en ont un chez elles, maman, ce n'est pas un problème. Même si… ils pleurent beaucoup, tu sais.

— Je m'en souviens, avait-elle répliqué en souriant.

— Maman, est-ce qu'Adam va venir habiter avec nous ?

— Je ne pense pas, ma chérie. Nous pouvons très bien nous en sortir, toutes les deux.

— Nous en avons l'habitude, mais nous n'avons jamais eu un bébé.

— C'est vrai. Mais je suis sûre que tes tantes nous aideront.

Jess était restée silencieuse un moment.

— Tu sais, maman, ça ne me dérange pas si tu refais ta vie avec un homme. Papa a bien refait la sienne avec une autre femme.

La maturité de sa fille l'avait étonnée. On ne pouvait en dire autant de celle de Jim.

— Comment as-tu pu être aussi stupide ? Tu vas te marier avec lui ?

— Non !

— Alors pourquoi lui fais-tu un enfant ?

— Cela ne s'est pas passé exactement comme nous voulions. Mais maintenant il est là, et il faut l'accepter.

— Tu peux t'en débarrasser, non ?.

Elle sentit la colère l'envahir. Cette vie en elle devait être respectée, si petite fût-elle.

— Non, Jim. Au contraire, j'ai bien l'intention de le garder.

Il eut ce rire cruel, fréquent à la fin de leur vie commune, dont elle ne se souvenait que trop bien.

— Pourquoi m'inquiéter ? Tu ne le porteras probablement pas jusqu'au bout, de toute façon.

Elle pâlit.

— Je te le dis par simple courtoisie. Je préfère que tu l'apprennes de moi que de Jess.

— Tu le lui as dit ? Comment as-tu pu faire cela ?

— Il faudra bien qu'elle le sache, pour l'amour de Dieu !

— Pas si tu le perds !

Elle inspira profondément et s'efforça de rester calme. Le stress était mauvais pour elle.

— Je lui parle de tout ce qui peut avoir un impact sur sa vie. C'est ce qu'un parent doit faire quand un enfant est assez grand pour comprendre ce qui se passe autour de lui ! Je ne veux pas qu'elle s'inquiète ou qu'elle ait un sentiment d'insécurité à cause de moi. Mais tu ne peux pas comprendre cela.

— Tu prétends que tu es meilleur parent que moi ? C'est ce que tu veux dire ?

— Je ne vais pas encore me disputer avec toi. Peu importe ce que tu penses. Je suis simplement sincère avec toi, comme je l'ai toujours été. Je suis enceinte et je vais garder cet enfant.

— *Peut-être*, répliqua-t-il avec une cruauté qui la fit souffrir.

— Va-t'en, Jim. Je n'ai jamais voulu en faire un sujet de discussion.

— Il faut en parler ! cria-t-il, rouge de colère.

— Va-t'en, répliqua-t-elle avec calme. Tu as perdu tout droit de discuter quand tu es sorti de ma vie.

— J'ai toujours le droit de me mêler de ce qui affecte ma fille !

— De même que j'aurais le droit de discuter de toi et de Mélanie ? Ou de la demi-douzaine de femmes qu'il y a eu avant ? Tu es tellement hypocrite !

— Je ne sais pas pourquoi je prends la peine de te parler. Cela finit toujours par une scène !

— Exactement.

Dana était décidée à assumer ses choix. Sa fille serait élevée dans un foyer heureux, ce qu'elle-même n'avait pas eu. Elle en souffrait encore.

— C'est pour cette raison, continua-t-elle, qu'il vaut mieux que nous soyons séparés. Je reste en dehors de ta vie avec Mélanie, même si tu essaies de me la jeter en pleine figure.

— Oh ! Et toi, tu ne m'as pas jeté ce type en pleine figure ?

Une pensée vint à Dana.

— C'est ce qui expliquerait ton intérêt soudain pour Jess ?

— Si cet homme va faire partie de la vie de ma fille, j'ai le droit de savoir quel genre de personne il est.

— Alors invite-le à un match de football ! Mais quand tu viens chez moi, rappelle-toi les règles élémentaires de politesse, et souviens-toi que ma relation avec lui ne te regarde pas !

— Très bien ! Tu aimes démolir ta vie, n'est-ce pas ? Eh bien, bonne chance avec ce bébé. Tu en auras besoin !

Sur ce, il partit enfin.

Dana ne put retenir ses larmes. Il avait raison, elle était douée pour se démolir la vie.

Adam fut surpris de l'expression qu'il lut sur le visage de Dana quand celle-ci lui ouvrit la porte.

— Qu'est-ce qui ne va pas ?

— Rien.

— Menteuse !

— Vraiment, Adam, il n'y a aucune raison de t'inquiéter.

Il scruta longuement son visage.

— Menteuse !

— Tu sais, Adam, il m'arrive parfois de te dire la vérité !

— Oui, je sais. Attends-moi ici, la pria-t-il en se dirigeant vers la cuisine.

Il revint avec deux grandes tasses de café fumantes.

— Où est Jess ?

— Chez ma sœur Lauren.

— D'accord. Qu'est-ce qui se passe, Dana ?

— Oh, qui es-tu pour poser des questions ? L'Oncle Sam ? Au nom de quoi devrais-je t'en parler ?

— Personne ne t'a jamais dit à quel point tu étais parfois irritable ?

— Peut-être que j'ai de bonnes raisons.

Elle regarda sa tasse comme si elle avait voulu s'y noyer plutôt que de supporter plus longtemps sa présence.

— Pourquoi ?

— Pourquoi veux-tu savoir ?

— Je me le demande bien.

— Qui est le menteur, à présent ?

Il la fixa droit dans les yeux.

— D'accord. Que dirais-tu de prendre mutuellement un risque, et d'être tous deux complètement sincères pendant le reste de cette conversation ?

— *Toi*, tu crois en être capable ?

Après un silence, elle ajouta :

— Cela servirait à quoi ?

— Cela s'appelle de la communication. Il paraît que c'est conseillé, entre parents. Je ne dis pas que ce sera facile, mais ça mérite qu'on essaie. Je suis prêt à relever le défi.

— Toi d'abord, exigea Dana.

— Je me doutais que tu dirais cela.

Dana s'installa sur le divan et lui sourit.

Adam prit place à côté d'elle comme si c'était la chose la plus naturelle du monde.

— Nous avons quand même travaillé longtemps sans apprendre à nous connaître.

— Nous avons fait tout ce qu'il fallait pour l'éviter, non ?

— Certes, mais peut-être tout simplement parce que nous ne sommes pas faits pour nous entendre.

— Peut-être parce que nous n'avons jamais essayé avant cette nuit-là.

— Oui, et regarde le résultat !

— D'accord, ce n'est pas un bon exemple. Néanmoins, il a toujours été plus facile de nous chamailler que d'apprendre à mieux nous connaître.

— A quoi attribues-tu cette situation ?

— N'est-ce pas ce que font beaucoup de gens ? Cacher une chose ou une autre ?

— Tu dissimules aussi quelque chose ?

Il hésita, puis haussa les épaules.

— Sans doute.

— Comme le refus de t'engager avec quelqu'un ?

La question le surprit. Pour être honnête avec lui-même, il dut admettre qu'elle voyait juste. Il aimait la liberté que procure une vie de célibataire.

— J'avoue que je n'y avais jamais pensé ainsi. Tu as raison.

— Explique-moi, demanda-t-elle à voix basse.

— J'ai simplement pensé que c'était la vie qui me convenait.

— Etre un célibataire endurci ?

— Quelque chose dans ce genre. Et toi ?

— Tu me l'as déjà dit : je suis susceptible et irritable.

— A cause de Jim ?

— Parmi d'autres raisons, à mon avis.

— Est-ce qu'il t'a brisé le cœur ?

Bonne question.

— Quand on aime une personne si fort qu'on décide de l'épouser, on souhaite que la vie de couple se passe bien, que l'amour soit réciproque. Il est difficile de renoncer à de tels espoirs. Je crois que c'est cet échec qui m'a brisé le cœur, plus que tout le reste.

Adam se demanda ce qu'elle regrettait au fond : que son mariage n'ait pas marché ? Si une nouvelle chance se présentait, essayerait-elle de nouveau ?

— N'est-ce pas plutôt que tu n'as pas supporté de ne plus tout contrôler ?

— Qu'est-ce que tu as fait à l'université, Adam ? Tu as étudié les théories psychologiques les plus fumeuses, pour apprendre à désarmer les clients les plus réservés ?

— Décidément, irritable est bien le mot…

Elle le fusilla du regard.

— Oui, reprit-il, cette volonté de tout contrôler est évidente au travail, alors qu'ici, tu n'es pas aussi maniaque de l'ordre parce que tu es chez toi. Personne ne va t'enlever le contrôle de ta maison. Ici, tu peux te permettre d'être vraiment toi-même. Ce qui fait que tout, chez toi, donne cette impression de douceur, de tranquillité et de féminité. Tu le sais bien, non ?

Instinctivement, elle hocha la tête, tout en baissant les yeux.

Après un silence, il ajouta :

— Pour être honnête, je te préfère comme tu es chez toi.

— Et non telle que j'étais quand je me suis donnée à toi sur l'impulsion du moment ?

— J'aime aussi cette Dana-là.

Elle le fixa, comme pétrifiée.

— Que faisons-nous, Adam ?

— Je n'en ai pas la moindre idée.

Le besoin de la serrer contre lui était vraiment irrépressible. Quand, quasi automatiquement, il passa le bras autour de ses épaules, Dana céda comme une poupée de chiffon.

De son autre main, il lui souleva le menton pour qu'elle le regarde de nouveau dans les yeux.

— Ce n'est rien, Adam. J'ai juste besoin d'un peu de réconfort. Tu n'es pas obligé de m'embrasser ou quoi que ce soit.

— Jouons-nous encore le jeu de la franchise ?

— Bien sûr.

— Alors j'ai vraiment envie de t'embrasser.

La bouche de Dana forma un O silencieux sur lequel il posa la sienne.

Il s'attendait à ce qu'elle proteste ou se débatte, mais au contraire elle participa pleinement au baiser. Ce n'était pas comme la nuit où ils avaient fait l'amour, avec cette précipitation qui n'avait amené qu'un plaisir physique. Cette fois, c'était différent, fascinant, presque envoûtant.

Elle caressa sa joue, prolongeant le baiser.

Finalement, il releva la tête.

— Dana, à présent, il faut que tu me dises d'arrêter.

— Oui. Parce que cela ne nous mènera nulle part.

— Tu as raison.

— Parce que nous menons deux vies différentes.

— En effet.

— La seule chose que nous ayons en commun, c'est ce bébé.

— Oui.

— Et notre travail.

— Très juste.

— Je sais que tu ne veux pas d'une relation à long terme.

— Exactement. Et toi, tu ne veux pas de liaison avec moi parce que tu as peur que le contrôle t'en échappe. Ta vie est déjà assez compliquée avec la présence de Jim.

Elle l'embrassa de nouveau.

— C'est vrai. Et avec toi, je suis vraiment incapable de me contrôler.

Adam fut traversé d'un frémissement : le piège se refermait bel et bien. Et solidement !

La Dana de cette folle nuit était de retour. Leurs baisers se firent plus insistants. Le plaisir les emporta tous deux en un tourbillon.

Il avait vraiment de quoi être inquiet.

La porte de devant claqua:

Ils sursautèrent comme deux adolescents surpris par leurs parents.

— Maman, je suis rentrée. Où es-tu ? Adam est là ?

— Tu sais, chuchota-t-il, un jour il n'y aura personne pour nous interrompre.

8.

— Dana, tu es splendide !

— Merci, Tara, répondit Dana avec un sourire. Tu vois que je sais m'habiller toute seule pour être belle, quand je m'en donne la peine.

— Je vois. Tu as vraiment l'air fantastique ! Hum… Il y a en toi une différence par rapport à d'habitude, mais je n'arrive pas à dire quoi.

Dana dut se retenir pour ne pas poser une main sur son ventre. Elle savait qu'il était encore trop tôt pour que cela se voie, il faudrait plusieurs mois pour que sa grossesse devienne apparente.

Elle parcourut la salle des yeux à la recherche de cheveux blonds familiers.

— Il est avec Jack, au buffet.

Le regard de Dana suivit la longue table, s'arrêta sur les deux hommes, puis parcourut toute la salle.

— Qui ? demanda-t-elle à voix basse.

— Ton cavalier.

— Je ne viens pas ici avec lui.

— Comme tu veux. Je remarquais juste que tu cherchais Adam et qu'il est avec Jack.

— Il en a, de la chance !

— Adam, ou Jack ?

Dana soupira.

— Pouvons-nous éviter de rentrer dans ce petit jeu ?

— Excuse-moi, Dana. Je ne voulais pas t'être désagréable. Je vis avec ton frère, avec qui les plaisanteries font partie de la vie quotidienne. J'oublie parfois que tout le monde ne les apprécie pas en permanence.

— Ne t'en fais pas. Je crois que je suis juste un peu plus sensible en ce moment. C'est une longue histoire.

Après un coup d'œil autour d'elles, Tara se pencha.

— Alors, Adam et toi êtes vraiment amis, à présent ?

Amis ? En étaient-ils là ? Existait-il même un mot ou une catégorie pour désigner leur relation ?

— Disons que nous faisons des efforts pour mieux nous entendre.

— Puis-je te poser une question ?

Dana hocha la tête silencieusement.

— Est-ce que tu t'es aperçue… Parce que j'ai remarqué…

— Vas-y, Tara. Va au but.

— As-tu pensé que si tu détestes Adam tant que cela, c'est parce qu'il te rappelle Jim ?

Dana ouvrit de grands yeux. Elle était loin de s'attendre à cela.

— Comment ?

— Ils sont tous les deux grands, blonds, avec un visage d'ange. Ils présentent bien tous les deux.

Dana resta bouche bée.

— Bon, d'accord, reprit Tara, Adam est le type même du célibataire qui séduit les femmes et les abandonne ensuite. Le genre d'hommes envers qui nos parents nous ont mises en garde. Mais il ne serait pas le premier de cette catégorie à changer après avoir rencontré la femme qu'il lui faut, non ?

— Qu'est-ce qui te fait dire cela ?

— Jack et moi nous disions l'autre jour que, puisque vous semblez vous entendre beaucoup mieux, vous devez avoir surmonté vos préjugés l'un sur l'autre.

— Nous ? Tu veux dire Adam et moi ?

— Alors, qu'y a-t-il entre ma sœur et toi ?

— Que veux-tu dire ?

Jack haussa les épaules.

— Pour commencer, elle t'accompagne à la réception de tes parents.

— Elle n'est pas avec moi.

Dana lui avait dit au moins cinq fois dans la voiture qu'ils se rendaient à cette soirée séparément.

— Alors, quoi ? Vous êtes amis maintenant ?

Etait-ce bien le mot ? Non. Pas quand il était incapable d'être en sa présence sans songer à l'embrasser ou à la tenir dans ses bras. Ils étaient plus qu'amis. Comment appeler cela, exactement ?

— Il n'y a rien de bien extraordinaire, Jack. Nous avons appris à mieux nous connaître, c'est tout.

— Oh, vraiment ? fit celui-ci en fronçant les sourcils.

— Jack, me demandes-tu s'il y a quelque chose qui se passe entre ta sœur et moi ?

— Je suis le seul frère pour quatre sœurs, il est de mon devoir de veiller sur elles.

— J'imagine ce que cela veut dire pour Dana.

— Si je l'en avais empêchée la première fois, elle n'aurait pas tant souffert.

— Elle est assez grande pour prendre ses propres décisions.

— Oui, mais ses douleurs sont aussi les miennes. Je ne veux pas que la même chose se reproduise. Cela s'appelle veiller sur les autres.

— Merci de la précision. Ce n'est pas une activité à laquelle la vie m'a habitué.

— Excuse-moi, je ne veux pas te juger, encore moins négativement.

— C'est ce que ta sœur a fait depuis notre première rencontre.

— Tara et moi avons notre théorie pour expliquer cela.

— Qui est ?

— Que tu lui rappelles Jim.

— C'est très aimable. Tu me mets sur le même plan qu'un type qui a abandonné son épouse et sa fille pour partir avec une autre femme ! Ton opinion sur moi est presque aussi mauvaise que celle de ta sœur !

— Je ne prétends pas cela. Tu ne connais pas toute l'histoire !

— Personne ne me l'a jamais racontée !

Jack haussa les épaules avec un certain embarras.

— C'est à Dana de décider de le faire.

— Si elle a une telle opinion de moi, elle ne risque pas de m'en dire le moindre mot.

C'était incroyable à quel point cela prenait de l'importance pour Adam. Il *voulait* savoir.

— Qu'il soit bien clair que je ne te mets pas sur le même plan que Jim. Je dis juste que tu lui ressembles physiquement. C'est ce que Dana a dû remarquer la première fois qu'elle t'a rencontré. Je crois qu'elle ne réalise même pas pourquoi elle est si dure avec toi.

Etait-ce vraiment la raison ?

Leur première rencontre avait eu lieu lors d'une réunion de famille à laquelle Jack l'avait invité. Dana était vraiment belle ce jour-là, mais avec une tristesse presque insupportable dans les yeux. Adam avait senti l'attraction qu'elle exerçait sur lui depuis le côté opposé de la pièce, et pourtant, lorsqu'on les avait présentés l'un à l'autre, le regard de Dana lui avait donné l'impression qu'il était le diable descendu sur terre. Après avoir si mal commencé, la relation n'avait pas mieux continué.

Il s'absorba dans la contemplation du verre de whisky qu'il tenait à la main.

Si la cause de l'animosité de Dana à son égard était sa ressemblance physique avec Jim, au moins cette antipathie n'avait rien de personnel. Mais il

144

ne voulait pas lui rappeler un homme qui l'avait abandonnée, qui ne l'avait pas assez aimée pour rester avec elle. Un homme dont elle était peut-être encore amoureuse. Etait-ce cela qui lui faisait si mal ?

— Donc, reprit Jack, devrais-je avoir une discussion avec toi pour connaître tes intentions ?

Il avait dû vouloir dire cela comme une des plaisanteries dont ils avaient l'habitude, mais il s'arrêta, manifestement surpris par l'expression de son visage.

— Jack…

— Adam, détends-toi. Je suis juste content de voir que vous vous entendez mieux. Bien sûr, ajouta-t-il en riant, je devrai te tuer si tu lui fais du mal.

— Je ne la ferai jamais souffrir délibérément.

— Alors tout va bien !

Ils venaient tous deux de vider leurs verres quand Adam poussa une exclamation et s'élança à travers la foule, paniqué.

— Vous devez être Dana, disait la vieille dame. J'attendais avec impatience de vous rencontrer. Vous avez amené la joie dans notre anniversaire de mariage.

— Vraiment ?

— N'êtes-vous pas adorable ? Je savais qu'Adam finirait par trouver une ravissante jeune femme. Il a simplement pris son temps.

Adam, le visage rougissant, s'immisça entre elles deux, ses yeux passant de l'une à l'autre.

— Vous vous êtes déjà rencontrées ?

— A l'instant, expliqua Dana en lui jetant un coup d'œil glacial. Ta mère me parlait de la joie que ma présence apportait à son anniversaire de mariage.

— Vraiment ? Elle a dit cela ?

— Je suis désolée, reprit la mère d'Adam. J'aurais dû me présenter d'abord. Mais j'étais si désireuse de faire votre connaissance !

Adam avait toujours su que sa mère pouvait être excessive, mais…

— Dana, je te présente ma mère, Anne. Maman, tu as entendu parler de Dana, à l'évidence.

— Oui, et tu aurais dû l'amener plus tôt. Oh ! ajouta-t-elle en regardant derrière eux, bonsoir, Jack, Tara.

Anne se retourna vers lui.

— J'ai du mal à croire que tu aies attendu jusqu'à ce soir pour nous en parler. Si Barbara ne nous avait pas tout dévoilé il y a trois jours, je serais arrivée sans rien savoir. Nous sommes tous deux si heureux pour toi.

Adam comprit brusquement. Barbara était la mère de Gillian. Pendant qu'il se demandait comment informer sa mère, on l'avait fait à sa place. Il avait eu tort de remettre la tâche délicate à plus tard, pour arriver finalement à cette soirée sans s'en être acquitté. A cause de cela, il était à présent dans une situation difficile.

— Dana…

— Tu m'as amenée comme cadeau d'anniversaire ?

— Non ! Je t'ai amenée ici comme…

Il chercha ses mots.

— Mon invitée.

— Nous nous étions mis d'accord.

— Tu m'as accompagnée à la réception de mes parents. Je t'ai amenée en voiture. Tu passes la soirée ici et je te ramènerai chez toi. C'est une invitation en bonne et due forme.

Tara et Jack commençaient à sourire. Dana le fusillait du regard. Anne se tourna vers cette dernière.

— Je suis désolée que Barbara ait gâché la surprise.

— Maman, ce n'est pas exactement ce que tu

crois. J'aurais dû t'en parler plus tôt, mais les choses sont un peu… compliquées.

— Dois-je comprendre, l'interrogea Dana, que tu *n'as pas* dit à ta mère que nous venions ensemble ?

— Non !

— C'est la fille de ma meilleure amie qui l'a rencontré par hasard au début de la semaine.

Dana regarda Anne avec étonnement.

— Oh !

Adam respira profondément.

En fait, Dana n'était pas au courant de la situation. Elle ignorait que sa mère savait qu'elle attendait un enfant. Il était temps de faire preuve d'habileté. Il allait falloir informer Jack et Tara, c'était devenu inévitable, et il ne voulait pas le faire en se disputant avec Dana.

Mais sa mère était impossible à arrêter.

— Il s'était trahi en achetant une quantité d'articles pour bébé.

Ce fut le silence le plus total. Tout le petit groupe resta pétrifié, mesurant la portée de ces paroles.

Adam parcourut des yeux les visages qui l'entouraient, pour trouver une émotion différente sur chacun d'entre eux. Sa mère semblait croire que Noël était arrivé, Tara était sidérée, Jack paraissait sur le point d'exploser, et Dana avoir reçu un choc dévastateur. Ce fut elle qui parla la première.

— Tu as *acheté* des articles pour bébé ?

— Juste un ou deux…

— La moitié du magasin, à ce qu'on m'a dit, reprit Anne, qui croyait toujours faire le bonheur de l'assistance en annonçant la merveilleuse nouvelle. Jamais je n'aurais pensé qu'il y prendrait tant de plaisir. J'ai bien cru que ce jour n'arriverait jamais…

Adam, sans écouter davantage, se rapprocha de Dana.

— Comment as-tu pu être si stupide ? glissa-t-elle.

— Dana…

— Pas maintenant, Adam, dit Jack en s'inter-posant.

— Jack, laisse-moi lui parler, dit Adam en voyant Tara emmener Dana. J'ai juste besoin d'une minute.

— Tu as eu bien des occasions d'avoir cette minute. Avec nous tous.

— Il faut que je m'assure qu'elle va bien.

— Nous nous en occuperons.

— Non, je…

— Tu vas dire quoi, Adam ? Tu as de l'affection pour elle ? De l'amour ?

— Adam, que se passe-t-il ? interrogea sa mère.

— Comme je t'ai dit, maman, les choses sont compliquées.

— J'ai encore fait une gaffe ?

— Ce n'est pas ta faute. J'aurais dû m'en occuper auparavant. Retourne à tes invités, je t'expliquerai demain. Ne t'en fais pas.

Ils attendirent tous deux qu'elle se soit éloignée, puis Jack reprit la parole.

— Tout ceci mérite un éclaircissement.

— Comme je l'ai dit, j'aurais dû tout expliquer avant.

— En effet.

— Nous vous aurions informés.

— Je te crois.

— Laisse-moi la voir, Jack.

— Tu lui parleras quand tu auras clarifié tes propres intentions à son égard. En attendant, laisse-la tranquille. Ne m'oblige pas à te frapper, Adam.

Adam était largement capable de se défendre, et ils le savaient tous deux.

— C'est entre ta sœur et moi.

150

— C'est ce que tu aurais bien voulu ?

— Tu ne l'écarteras pas très longtemps de moi.

— Tant que nous ne saurons pas précisément quelles sont tes intentions, et tant qu'il y aura cette douleur dans ses yeux, je remuerai ciel et terre, s'il le faut, pour t'écarter d'elle.

— Alors apprête-toi à le faire, parce que ce sera nécessaire.

— Encore une fois, je voudrais savoir pourquoi.

Jack attendit patiemment une réponse qui ne vint pas, puis il mit ses poings dans ses poches.

— C'est bien ce que je pensais, conclut-il.

— Tu n'as aucune idée de ce que j'éprouve. Ni toi, ni personne d'autre.

— Et toi encore moins. C'est bien là le problème, non ? Laisse-lui un peu de temps, Adam. Elle a une famille sur laquelle elle doit veiller. Prends le temps de réfléchir. *Très* profondément.

Adam le regarda partir, puis contempla la salle pendant plusieurs minutes. Il songea à la raison qui l'avait mené là. Il eut un sentiment de culpabilité. Finalement, il alla trouver sa mère.

— Tu vas bien, Adam ?

— Oui.

— Tu n'aurais pas dû me mentir, tu sais. Je suis ta mère. J'ai une intuition pour ces choses, même si je reconnais que je manque cruellement de subtilité.

— C'est ma faute. J'ai créé une situation épouvantable.

— En la rendant enceinte, ou en n'en disant rien ?

— En gardant le silence. Je m'étais habitué à l'idée de sa grossesse, comme étant un événement qui était inscrit dans le destin.

— Tu l'aimes ?

— L'expérience ne m'a pas vraiment appris ce que c'est de tomber amoureux.

— Donc, tu ne sais pas.

— Ne peux-tu pas simplement profiter de ta soirée sans te faire du souci pour moi ?

— Tu ne peux pas empêcher tes parents de se faire du souci pour toi. Tu vas être père, tu comprendras.

— Oui.

— Je ferais mieux de vaquer de nouveau à mes devoirs d'hôtesse. Bien que je doive avouer… Cela me plaît que ce soit Dana.

— Pourquoi ?

— Parce qu'elle ne ressemble à aucune des

femmes avec qui tu as pris l'habitude de sortir. Elle est du genre qui te plaisait avant que tu ne deviennes un célibataire endurci.

— Pardon ?

— Un célibataire endurci, parfaitement. Depuis cinq ou six ans, je dirais. Tu étais plus ouvert avant.

Il se pencha et accepta le baiser qu'elle lui déposait sur le front.

— Bonne chance, mon chéri. N'oublie pas de me tenir au courant de la suite — que je ne l'apprenne pas par Barbara.

9.

La porte s'ouvrit devant Dana. Un Adam tout ébouriffé, en T-shirt et pantalon de jogging, lui fit face. Elle avala sa salive, maîtrisant les pulsions de son corps. Cet homme était vraiment sexy.

Il la regarda avec une fatigue visible dans ses yeux verts.

— Tu es venue.

— Il faut que nous parlions.

— J'allais venir te voir ce matin.

— Jack ne t'aurait pas laissé passer.

— Je pensais que la nuit l'aurait calmé.

— Tu te trompais.

Il jeta un coup d'œil à sa montre : 7 h 30.

— Dana, est-ce que tu aurais fait le mur ? Entre.

Il referma la porte derrière elle.

Elle admira son intérieur qu'elle découvrait pour la première fois. C'était très différent de sa propre maison à elle. Elle parcourut des yeux le plancher lamellé qui s'étendait jusqu'à la grande baie vitrée. Très chic.

— Veux-tu du thé ?

— Non, merci.

— Quelque chose à manger ?

— Non, j'en suis à la phase où je vomis, alors il vaudrait mieux que je ne prenne rien.

Elle inspira profondément.

— Pouvons-nous nous asseoir ?

— Naturellement.

Elle prit place sur une chaise, il s'installa sur le divan.

— Je suis restée éveillée la moitié de la nuit, à réfléchir.

— Moi aussi.

— La situation est vraiment confuse et embrouillée.

— Nous allons la clarifier.

— Ce ne sera pas si simple. D'abord, il faut définir des règles précises et les appliquer.

— Comme quoi, exactement ?

— Plus personne d'autre ne doit savoir que je suis enceinte. Ma famille et la tienne sont au courant, cela suffit largement pour le moment.

Adam haussa les épaules.

— D'accord.

— Tu n'achètes plus rien pour le bébé.

— Où est le mal ? Il nous en faudra, des choses. Je me suis documenté sur la question.

Elle le regarda avec surprise.

— Vraiment ?

— Il y avait aussi des livres, dans ce que j'ai acheté. Cela me semblait logique. Tu as déjà eu un enfant. Moi pas.

Elle l'étudia quelques instants. Il semblait qu'à chaque fois qu'elle avait classé la personnalité d'Adam dans une catégorie préétablie, il avait fait quelque chose pour qu'elle change d'avis. Elle détestait cela : quand elle était surprise, elle n'était plus sur ses gardes. Et elle avait appris à quel point il était dangereux, avec le séduisant Adam Donovan, de baisser sa garde.

Elle sourit, tout en sentant que cette réaction était imprudente.

— C'est logique, en effet.

— C'est ce que je pensais.

— Et qu'as-tu appris ?

— Qu'il est l'heure de manger des biscottes pour faire passer tes nausées.

Dana éclata de rire.

— Promets-moi que tu n'achèteras plus rien.

156

— Donne-moi tes raisons.

Elle s'éclaircit la voix d'une petit raclement de gorge.

— Cela porte malheur.

— Tu as peur que, si les choses tournent mal, tout cela te rappelle ce que nous aurons perdu ?

Il se leva, pris d'un besoin de la protéger, mais elle se montra plus rapide et se plaça hors de sa portée.

— Il y a des choses que tu as besoin de comprendre pour ne pas agir…

— Comme un éléphant dans un magasin de porcelaine ?

— Oui.

— Très bien, j'écoute.

— Il faut que tu comprennes que tu ne dois pas te mêler de tout, à ce stade.

— De tout ? Comme quoi ?

— Ma vie, ma famille, Jess — tu dois rester en retrait, pour le moment.

Adam devinait, sans plaisir, où son raisonnement mènerait.

— Continue.

— Il est très possible que je ne porte pas ce bébé jusqu'à son terme. Il faut que tu acceptes cette perspective.

La mâchoire d'Adam se serra.

— Si cela arrive, continua Dana, imperturbable, tu auras dépensé beaucoup d'efforts pour faire partie de la vie de gens que tu n'auras plus besoin de revoir. Oh, je sais, tu les connaissais déjà avant, mais ce n'était pas pareil. Tu ne dois pas prendre plus de place dans leur vie. Sinon, si je perds le bébé, tu devras t'effacer et tu auras abouti à les faire souffrir encore plus.

— Faire souffrir qui ?

— Jess, par exemple ! Elle t'aime déjà bien.

— Dieu seul sait pourquoi !

— Que veux-tu dire, Adam ?

— N'aurais-tu pas ajouté cela volontiers : « Dieu seul sait pourquoi » ?

Non, elle ne pensait pas cela. Cela aurait été le cas encore peu de temps avant. En fait, chaque fois qu'elle passait du temps avec Adam, la liste de ses qualités s'allongeait. Elle avait même fini par se dire que s'il disparaissait de leur vie, Jess ne serait pas la seule à qui il manquerait. Il était temps de limiter les dégâts !

— Dana, est-ce que je te rappelle Jim ?

— Quoi ? Mais d'où vient une telle question ? Qui est-ce qui a pu te mettre cela dans la tête ?

Il haussa les épaules.

— Tout le monde semble le croire. Lui et moi nous ressemblons physiquement.

— Certainement pas !

— Tu le penses vraiment ?

— Vous êtes tous deux grands et blonds. La ressemblance s'arrête là.

— Alors, le jour où tu m'as rencontré pour la première fois, tu n'as pas estimé que j'avais des points communs avec lui ? Que je risquais, moi aussi, de te faire souffrir ?

Dana était bouche bée.

— Tu crois vraiment cela ?

— Je ne sais plus que croire.

Elle le fixa longuement. Elle savait à présent que les personnalités de Jim et d'Adam étaient bien différentes.

Mais n'était-ce pas la raison pour laquelle elle avait eu tant de mal à supporter Adam, depuis le premier jour où elle l'avait vu ? L'explication se tenait. Elle avait rencontré Adam alors que les blessures infligées par Jim faisaient encore très mal. D'autre part, il était exactement le genre d'homme vers qui elle se serait précipitée avant la douloureuse expérience de son premier mariage. Est-ce que, pendant tout ce temps, elle avait lutté contre l'attrait qu'il exerçait ?

— Tu l'aimes encore ?

Dana se mit aussitôt sur la défensive.

— Si c'était le cas, qu'est-ce que ça pourrait bien te faire ? Ce n'est pas ton problème.

— Non, en effet. Cela ne m'empêche pourtant pas de poser la question.

— Ce n'est pas grave, tant que tu n'espères pas de réponse.

Elle continua à le fixer dans les yeux. *Comme si*. Comme si elle allait lui confier ce qu'elle commençait juste à réaliser. Lui confesser à quel point son mariage avait été un échec. Comment elle avait recherché dans sa relation avec Jim quelque chose qu'elle n'avait pas trouvé, et que, bien malgré elle, son cœur s'obstinait à espérer découvrir dans sa relation avec Adam.

Mais pas question de se laisser emporter par de telles chimères. Elle était devenue prudente. Elle ne pouvait pas se permettre une deuxième erreur aussi grosse que la première, c'était vital — pour elle-même, pour sa fille, pour la nouvelle vie qu'elle tentait de mettre en place. Elle était venue là pour clarifier les choses. De manière réaliste.

— Comme tu veux, Dana, dit Adam en se levant, mais qu'il soit bien clair que je sais exactement pourquoi tu dictes toutes ces règles, et je ne jouerai pas à ce jeu-là.

— Et je suis en train de faire quoi, d'après toi ?

— Tu veux encore tout contrôler et organiser. Tu veux que rien ne t'échappe. Tu as tout arrangé comme tu voulais.

— Tu ne crois pas qu'il faut remettre de l'ordre dans tout ce bazar ?

— Fais attention à ton langage. Notre enfant pourrait l'entendre.

Face au calme d'Adam, Dana contint tant bien que mal sa colère.

— Discuter avec toi n'est pas facile.

— Certes. Peut-être que c'est maintenant que tu me hais, parce que tu sais que j'ai raison.

— Alors, répliqua-t-elle, à bout, si tu es si intelligent, explique-moi comment arranger tout cela !

Il se tourna vers elle si vite qu'elle fut prise au dépourvu. Elle ouvrit des yeux stupéfaits en le voyant marcher vers elle. Elle tenta de se dérober, mais ne réussit qu'à heurter de son dos le comptoir qui séparait la cuisine du salon.

Passant son bras autour d'elle, Adam l'emprisonna contre la surface froide.

La bouche de Dana devint sèche.

Il observa longuement son visage. Elle sentit son cœur battre contre le sien. Elle n'avait pas prévu cela. Après toutes ces heures de réflexion, elle escomptait préciser son plan, dans tous ses détails, puis s'en aller.

Adam, à l'évidence, avait un autre plan.

— Tu t'attendais à quoi, Dana ? A ce que je dise oui à tout ? A ce que je disparaisse ? Jusqu'à ce qu'on t'amène dans la salle d'accouchement ?

— Peut-être pas jusque-là, mais c'est à peu près cela. Tu sais que j'ai raison.

— Est-ce que je peux te faire part de *mon* point de vue ?

— Ai-je le choix ?

— Non.

— Très bien, vas-y.

— Tu ne vas pas te débarrasser de moi ainsi. Quoi qu'il arrive. Je te l'ai déjà dit et je le pense. Quoi que tu essaies ou que ta famille tente de faire, je ne vais pas disparaître. Parce que ce bébé, dit-il en lui touchant le ventre, me donne le droit d'être auprès de toi.

Elle ferma les yeux. Son toucher provoquait cette sensation exquise qu'elle s'efforçait chaque fois d'oublier.

162

— Si tu perds ce bébé, tu ne seras pas la seule à être affligée, Dana. Je le serai aussi.

Il y avait réfléchi la moitié de la nuit.

Ce bébé allait être *sa* famille. Il se réjouissait à l'avance du temps qu'il passerait avec ce bout de chou, Dana et Jess. Il savait déjà que le reste de la famille de Dana était formidable, et Jack était son meilleur ami — ou le redeviendrait. La seule chose qui le chagrinait était le fait que Dana aime encore son ex.

— Si tu perds ce bébé, je serai là, et nous pleurerons ensemble. Sinon, je serai dans la salle d'accouchement avec toi.

Elle sentit ses yeux se remplir de larmes.

— Chaque fois que je suis près de toi, je finis par avoir envie de pleurer.

Il haussa les épaules.

— Ce sont les hormones.

— Tu as lu cela ?

— Je crois.

Elle renifla, consciente du peu d'élégance de son comportement. Tant pis, c'était lui qui la faisait pleurer.

— Est-ce le vrai Adam ?

— Pardon ?

— Cet homme plein de sollicitude, qui veut tout faire pour le bien de son bébé... Est-ce ta vraie nature, ou es-tu en réalité l'homme que je connais au travail ?

— Tu parles de l'être divin qui fait tomber toutes les femmes en pâmoison ? répondit-il, les yeux brillants d'humour.

— Cela, c'est bien toi.

— Non. Tu voulais plutôt faire référence au célibataire endurci qui n'accepterait jamais qu'on lui passe la corde au cou.

— Oui, c'est à celui-là que je pensais. Lequel es-tu ?

— Je suis l'homme fatigué qui n'a pas beaucoup dormi cette nuit et qui n'a pas encore pris une tasse de café.

— Tu n'es pas si mauvais, tu sais. J'ai percé ton secret.

— Ne le raconte pas à tout le monde.

— Je vais essayer.

— Alors, tu abandonnes ?

Après ces révélations, elle dut admettre intérieurement qu'elle lui avait déjà cédé depuis longtemps. Sans doute depuis leur nuit ensemble. Ou même depuis qu'elle avait commencé à dresser la liste de ses défauts, puis celle de ses qualités. Depuis lors, elle ne faisait que tomber davantage. Un peu plus chaque jour.

C'était la deuxième grosse erreur de sa vie — à moins qu'elle ne se trompe lourdement.

Tandis qu'elle était perdue dans ses pensées, il passa les doigts dans les mèches de ses cheveux.

— Je ne vais pas disparaître, désolé.

Elle savait qu'il était sincère. Il serait là tout au long du chemin, aussi incroyablement protecteur qu'il savait l'être. Sans aucun doute, il serait de plus en plus difficile de résister aux sentiments qu'il lui inspirait.

Mais il ne l'aimerait pas.

Du reste, elle n'avait pas besoin de son amour.

Leurs bouches se frôlèrent.

C'était une sorte de trêve, sans plus. Elle devrait elle-même surmonter ses sentiments. Ce n'était pas Adam qui les provoquait, pas volontairement en tout cas. Il essayait simplement d'assumer ses responsabilités avec décence. Beaucoup d'hommes n'en auraient pas fait autant en de telles circonstances. Dana n'en éprouvait que plus de gratitude.

— Merci.

— Je t'en prie.

Résistant à la tentation de l'embrasser, Adam recula et la libéra.

Il avait gagné, cette fois. Mais les batailles devenaient de plus en plus risquées : il avait plus à perdre chaque fois. Plus il entrait dans la vie de Dana et de Jess, plus il craignait de devoir en sortir.

Cette fois, au moins, ce n'était pas Dana qui allait l'en exclure. Il savait qu'il n'aurait pas pu le supporter. La regarder de loin, avec *leur* enfant, vouloir participer à leur vie et ne pas être le bienvenu… Non, il n'aurait pas pu vivre avec une telle perspective.

Il n'avait pas admis facilement que ces sentiments avaient une signification plus profonde. Pour lui, c'était un grand pas à franchir. Il devrait s'avancer un pas à la fois. Il était en plein centre du célèbre piège qui attend les célibataires et n'avait pas envie de s'échapper. Il voulait voir ce qui viendrait ensuite.

Même si cela impliquait de s'attacher à une femme qui en aimait un autre.

10.

— Tu vas bien ?

Dana leva les yeux vers Tara.

— J'ai l'impression d'être emportée par une lame de fond dont je n'arrive pas à me dégager, mais sinon ça va.

Tara, occupée à côté de l'évier, jeta un coup d'œil par la fenêtre vers Adam et Jess qui jardinaient ensemble. Leurs rires parvenaient dans la pièce.

— Jess s'entend bien avec lui.

— Oui, répondit Dana.

— Est-ce qu'il passe beaucoup de temps ici, à présent ?

— Oh, il se contente de venir chaque jour.

— Vraiment ?

— Oui.

Oui. Cela lui tapait sur les nerfs. Non pas le fait qu'il soit là, mais le fait qu'il la traite essentiellement comme une femme enceinte. Il suffisait qu'elle bâille pour qu'il lui glisse un oreiller sous la tête ou qu'il lui apporte une tasse de lait chaud — même si c'était la dernière chose qu'elle désirait. Elle avait l'impression de ne plus exercer aucun autre attrait sur lui. Au moins, pendant un certain temps, avait-il continué à la considérer comme un objet de désir sexuel. Ce désir s'était apparemment refroidi. Il fut un temps, pas si lointain, où elle en aurait remercié le ciel. Mais elle avait récemment ouvert les yeux sur le véritable Adam, et cette absence d'intérêt la rendait furieuse.

Si les choses en étaient là à présent, où en seraient-elles quand sa grossesse se verrait *vraiment* ?

— Je suis impressionnée.

— Hum…

— Qui aurait imaginé Adam Donovan en père de famille ?

— Nous ne sommes pas une famille.

— De l'extérieur, on s'y tromperait.

— Eh bien, ce n'est pas le cas.

— Avez-vous décidé s'il sera là chaque jour après la naissance du bébé ?

— Dois-je subir un interrogatoire en règle de la part de chaque membre de la famille ? Cela ne m'encourage pas à vous appeler pour parler.

168

— Tout le monde se fait du souci pour toi. C'est cela, une famille.

— Je vais bien, merci. En cas d'alerte, j'appellerai au secours.

— Vraiment ? Tu gardes le contrôle de tout ce qui se passe autour de toi.

— Si c'était le cas, je ne serais pas dans cette situation.

— Celle d'être enceinte, ou celle d'être amoureuse d'Adam Donovan ?

Dana ouvrit des yeux stupéfaits.

— De quoi veux-tu parler ?

— Tu sais, j'écris peut-être des romans pour gagner de l'argent, mais je sais reconnaître une histoire d'amour quand j'en vois une.

Dana réfléchit un instant. Il y avait longtemps qu'elle aurait dû aborder le sujet. Elle n'avait que trop remis à plus tard cette indispensable conversation. Celle-ci pouvait-elle avoir des conséquences négatives ? Non, pas si elle restait confidentielle.

— Tara, que ce que je vais te dire ne sorte pas de cette pièce.

— Bien sûr que non. Je n'ai même pas livré le fond de mes pensées à Jack — et, crois-moi, il

169

m'a fallu un gros effort. Mais j'ai jugé que c'était préférable.

Dana hocha la tête.

— Il n'a plus reparlé à Adam depuis la semaine dernière. L'ambiance au travail s'en ressent.

— Oui, je sais. Si Jack partageait un bureau avec vous deux, le sang aurait coulé depuis. C'est triste.

— Plutôt, approuva Dana. Ils étaient si bons amis.

— Espérons qu'ils surmonteront cela. Ils sont si têtus tous les deux !

Un long silence suivit. Ce fut Dana qui le rompit.

— Quand tu as voulu me transformer l'espace d'un soir, savais-tu que cela pouvait arriver ?

— Que tu tombes enceinte ? Je ne l'avais pas envisagé.

— Ce n'est pas à cela que je pensais.

— Que toi et Adam ayez une liaison ? Oui, je l'avais imaginé. C'est ma nature romantique, je suppose. J'avais juste envie de voir tout mon entourage heureux.

— En rassemblant deux personnes qui ne pouvaient pas se supporter ? C'était là ton plan ?

— J'avais remarqué comment tu le regardais,

pendant ces minuscules moments où tu baissais ta garde. Il me semblait que tu *voulais* le détester. Cela te procurait un sentiment de sécurité.

— Et Adam ?

— Adam ?

— Oui, l'homme qui est dans le jardin avec ma fille. Le père de mon enfant à naître. L'autre ingrédient de ta recette.

— Le sarcasme est un moyen de défense, Dana.

— Comment as-tu pu penser qu'il m'aimerait quand il faisait tout pour m'être odieux ?

— Il ne faisait qu'imiter ton propre comportement, je crois. Tu pouvais le mettre en colère sans même essayer. Je n'ai jamais vu quelqu'un dont la moindre parole ou action provoque de telles réactions chez lui. Cela devait vouloir dire quelque chose.

— Oui, qu'il me haïssait.

— Ou qu'il t'aimait assez pour te rendre enceinte.

Dana soupira. Tout cela devenait bien compliqué. Rien dans sa vie ne pouvait donc être simple ? Elle avait l'impression de passer un gigantesque examen, ce qu'elle avait en horreur.

— Réfléchis un peu, Dana. Il est toujours calme

et flegmatique. Pourtant, il suffit que tu sois dans la même pièce pendant soixante secondes pour qu'il soit furieux.

— Cela s'appelle de la haine.

— Je dirais plutôt de la frustration.

— Alors si je suis si merveilleuse, pourquoi me traite-t-il à présent comme si j'étais sa petite sœur ?

— Cela ne prouve pas que ma théorie soit fausse. Et, soit dit en passant, qui est frustrée maintenant ?

Dana lui répondit par un regard noir.

— Ecoute, reprit Tara. Quand nous avons découvert que j'étais enceinte, Jack ne m'a plus touchée pendant six semaines. Mais il n'y a plus de problème à présent.

— Ne mêlons pas mon frère à tout ceci.

— Il y a toujours une période de ce genre… Tu devrais essayer de séduire Adam de nouveau.

— Je devrais *quoi* ?

— Essayer de le séduire de nouveau, tu m'as très bien entendue. Je suis sûre que cela marcherait. Les hommes aiment que leur femme soit enceinte, cela leur donne une satisfaction d'amour-propre.

— Tara, il n'est resté dans ma vie que pour le bébé, pas pour moi !

172

— A mon avis, tu te trompes.

— Non. S'il y avait autre chose, il l'aurait dit. Tu sais très bien qu'il n'a rien d'un timide !

— S'agissant d'une relation amoureuse, il pourrait être moins assuré que tu ne le crois. Il craint peut-être de se rendre ridicule, c'est le cas de beaucoup d'hommes.

— Sûrement pas le sien.

— Tu lui as dit ce que tu éprouves ?

— Non. Je ne vais pas ajouter mon nom à une longue liste.

— Vous êtes plus têtus l'un que l'autre ! Mais il faudra bien que l'un de vous deux prenne le risque de dire la vérité, tôt ou tard.

Dana secoua la tête. Non, Adam Donovan ne l'aimait pas. Inutile d'attendre ce sentiment de sa part : s'il n'était resté qu'un célibataire sur la planète, il eût été celui-là.

Il ne savait pas ce qu'il voulait.

Adam voulait Dana.

Il s'en été rendu compte soudainement, un soir de la deuxième semaine depuis qu'il rendait quotidiennement visite à Dana.

Pourquoi y avait-il en lui ce soudain désir d'une vie de famille ? Il l'avait compris ce soir-là, en observant, depuis l'embrasure de la porte, Jess couchée dans son lit, avec à côté d'elle Dana qui lui lisait une histoire. Il avait fait un petit signe, auquel Dana avait répondu par un sourire. C'était aussi simple que cela.

Il avait su qu'il était amoureux.

Cela n'était pas arrivé de la manière grandiose qu'il avait imaginée. Ce sentiment s'était emparé de lui à la faveur d'une scène toute simple de la vie quotidienne, une étape ordinaire du chemin de la vie, mais après laquelle plus rien n'était pareil.

C'était donc ainsi que survenait l'amour !

Qu'avait-il fait ? Etait-il entré dans la pièce pour prendre Dana dans ses bras ?

Non.

Après un sourire, Adam Donovan, l'homme courageux que rien n'effrayait, était simplement reparti.

Cela aurait pu fournir une scène finale pas trop mauvaise à l'histoire — si la femme qu'il désirait n'était pas restée amoureuse d'un autre !

Dans l'obscurité de sa chambre, il se tournait et se retournait sur son lit.

Il lui fallait un plan. Après tout, il était Adam Donovan, l'homme que tant de femmes avaient désiré. Il avait des atouts dans son jeu, sa mère le lui avait maintes fois répété.

Il fallait dresser un plan, persuader Dana de le juger autrement, de voir en lui un être responsable. Lui faire comprendre qu'il ne resterait pas seulement dans sa vie à cause du bébé.

Il voulait des dizaines d'enfants avec elle !

Cela le fit sourire. Il se demanda avec quel enthousiasme elle accueillerait ce projet.

Leurs enfants auraient à la fois le sens de l'organisation de Dana et l'attitude détendue d'Adam face à la vie. Le mélange idéal… Il ne restait plus qu'à convaincre Dana.

Il pouvait déjà prendre comme argument leurs résultats au travail : ils avaient beau se disputer, ils n'en formaient pas moins une équipe qui parvenait immanquablement à obtenir l'approbation des clients.

Il faudrait aussi persuader la famille de Dana qu'il n'était pas un deuxième Jim. Pour le moment, cette famille devait le considérer comme le rebut de l'humanité. Comme c'était curieux ! C'était la première fois qu'il se souciait de l'opinion des autres. L'amour vous fait vraiment changer…

Il fallait qu'il passe plus de temps avec Dana que ne le faisait son ex. Après tout, cet homme avait une seconde épouse, non ? Cela prouvait qu'il avait tourné la page. Il ne lui restait qu'à convaincre Dana d'en faire autant.

Cela le rongeait vraiment, que Dana aime encore un individu comme Jim, alors qu'elle pouvait refaire sa vie avec quelqu'un d'aussi bien que lui. Il fallait lui faire comprendre qu'il n'était pas le plus endurci des célibataires, qu'il pouvait devenir un bon père de famille. De manière à ce qu'elle le traite avec respect, qu'elle ne saisisse plus chaque occasion de lui envoyer une pique.

Il *pouvait* accomplir tout cela… D'accord, une chose à la fois.

Dès qu'elle regarda devant chez elle, Dana sut qu'Adam avait perdu la tête.

— Où est ta voiture ?

— Pardon ?

— Ta voiture !

Elle montra du doigt la Renault Espace qui était garée là.

— Où est-elle ?

— Elle est devant toi !

— Tu as changé de voiture pour prendre *cela* ?

— Où est le problème ? Il était temps que je

revende ma Jaguar. J'ai préféré un modèle plus pratique, je ne vois pas ce qu'il y a d'étrange.

Elle chercha, dans les yeux d'Adam, une lueur qui trahirait une plaisanterie. Elle n'en vit pas. Il était sérieux.

— Depuis quand attaches-tu la moindre importance au côté *pratique* ?

— C'est peut-être l'âge.

— J'espère que tu n'as pas acheté cela pour le bébé.

— Mon enfant sera sans doute rempli de qualités, mais de là à ce qu'il sache conduire en venant au monde, quand même…

— Adam, je parle sérieusement !

— C'est moi qui conduirai, conclut Adam en entourant sa taille de son bras. Mais tu admettras qu'il aurait été difficile de glisser un siège de bébé dans une voiture de sport.

Dana eut l'attention temporairement détournée par la proximité du corps d'Adam. Il sentait bon, c'était délicieux d'être à côté de lui. Cela la troubla, l'espace d'un instant.

— Sans doute.

— Tu détestes que j'aie raison.

— Oui. Mais tu as enfreint la règle selon laquelle tu ne devais plus rien acheter pour le bébé.

— Ma chère, cet engin a un moteur turbo, un intérieur en cuir et plein de gadgets électroniques. Ce n'est pas un véhicule qui manque de virilité !

Elle éclata de rire.

— Tu devrais faire cela plus souvent !

— Rire de ta bêtise ?

— Rire en général.

— Prétendrais-tu que je ne ris jamais ?

— Non, juste que tu ne le fais pas assez souvent. Une mère heureuse donne un bébé heureux.

— Je suis assez heureuse comme cela, Adam. Je le serai plus quand la doctoresse me dira que tout va bien.

— Elle te le dira, je te le garantis.

— Tu es vraiment très sûr de toi.

— Oui.

— En toutes circonstances ?

— Absolument.

— Rien ne te démonte jamais ?

— Rien.

Il n'ajouta pas qu'il était à côté de la seule personne qui ait jamais troublé sa belle assurance.

Dana inspira profondément. Tara pensait que cet homme était amoureux d'elle ? Si c'était vrai, n'aurait-il pas déjà employé toutes ses capacités

178

de persuasion, qui étaient grandes, pour lui faire emprunter le chemin menant à l'église ?

— Je ne le vois pas.

— C'est là, sur l'écran, expliqua Dana.

Adam avait beau observer avec attention, il ne voyait rien de plus.

— Je suppose que cela fait de moi un mauvais père ?

Cela le préoccupait donc ? Dana reconnut l'émotion, mais fut surprise qu'Adam l'éprouve.

— Ne dis pas de bêtise. Beaucoup de gens ne distinguent rien la première fois. Voici sa tête, son corps, ses jambes, un de ses bras.

Il regarda, fasciné.

— Merci de m'avoir montré cela. Tu n'y étais pas obligée. Je voudrais te remercier, sincèrement. Je suis très heureux.

— Sincèrement ?

— Oui.

Elle eut un doute.

— Tu ne fais pas tout cela uniquement par sens du devoir, Adam ? Je comprendrais que tu ne puisses pas continuer à t'occuper ainsi de moi. Tu pourrais juste venir aux examens, me voir au travail, et puis nous pourrions nous arranger autrement.

— C'est ce que tu désires ?

— La décision t'appartient entièrement.

— Tu penses que ma présence n'est pas utile ?

— Je ne dis pas cela.

— Je te gêne ?

— Pardon ?

— Par exemple, si ma présence trop fréquente empêchait Jim de venir te voir quand il le désire ?

Pourquoi cela le préoccupait-il ?

— J'apprécie ta sollicitude, mais tu n'empêches pas Jim de venir. Il ne passe plus chez moi, c'est tout. Il doit revenir pour l'anniversaire de Jess.

— Très bien.

« Très bien » ? Qu'était-il, à présent ? Un ami personnel de Jim ?

Mais même s'il souriait, elle pouvait distinguer l'inquiétude dans les yeux d'Adam. Il fallait l'apaiser. Faire un pas en avant ne pouvait pas déclencher une catastrophe, après tout.

— Je suis contente que tu sois là.

— Vraiment ?

— Oh, ne va pas chercher de raison bien compliquée. Tu sais te rendre utile. Par moments. Et Jess t'apprécie. Si tu veux continuer à venir chez moi, tu es le bienvenu.

Le sourire d'Adam s'épanouit.

Elle était contente qu'il soit là. Elle avait expliqué pourquoi, ce qui démontrait qu'elle était sincère. Il venait de marquer un but. Et il avait atteint l'objectif visé avec la nouvelle voiture : le plan fonctionnait.

L'étape suivante consistait à montrer qu'il était bien mieux que Jim.

11.

Adam préparait quelque chose, Dana en était sûre. La manière dont il sifflotait tout le temps le trahissait, et cela lui était insupportable.

« *Encore plus* » insupportable était la formule exacte.

Il y avait une limite à la responsabilités de ses hormones. Elles étaient sans doute à l'origine des cris et des pleurs, qui n'étaient pas habituels chez elle. Toutefois, aimer quelqu'un qui ne l'aimait pas n'était pas fait pour arranger la situation.

Mais pour ce qui concernait la frustration sexuelle… Non seulement ce fichu sentiment d'insatisfaction ne la quittait pas, mais elle savait qu'il ne venait pas de ses hormones : elle était déjà enceinte, ce n'étaient donc pas ses hormones qui lui faisaient souhaiter une suite à la nuit inoubliable passée avec Adam.

Quelle était donc l'explication ?

La seule logique était qu'elle désirait Adam. Elle était obsédée par Adam.

Et à cause de cela, elle le haïssait. Ça, au moins, c'était un sentiment familier.

Alors qu'elle s'acharnait vainement à trouver la bonne teinte pour le salon des Murray après trois heures de joyeux sifflotements, elle l'interrompit sèchement :

— Très bien, Adam, veux-tu me dire ce qui se passe ?

L'intéressé s'arrêta et la regarda. Il était en train de s'occuper du dossier de demande d'un espace d'exposition au Salon de la décoration de Dublin.

— Eh bien, j'ai fini de remplir le dossier et je le mets dans une enveloppe, avec un chèque.

— Il ne s'agit pas du Salon de la décoration.

— Non ? fit-il avec un étonnement excessif.

— Je parle du fait que tu sifflotes.

— Que je sifflote ? Ah, bien sûr.

— Cela fait des jours que cela dure.

— Vraiment ?

— Oui. Je veux savoir ce qui se passe.

— Je siffle, apparemment.

— Tu prépares quelque chose. Je le sais.

183

— Si tu le sais, tu peux me dire de quoi il s'agit ?

— Si je le savais, je ne te le demanderais pas.

— Décidément, tu te méfies beaucoup de moi !

— Je suis sûre que tu mijotes quelque chose !

Elle s'assit face à lui, secrètement furieuse. Elle détestait le voir contrôler quelque chose — alors que tout lui *échappait* un peu plus chaque jour.

— Peut-être est-ce une surprise ?

— Vraiment ?

— De manière indirecte, oui.

— Je déteste les surprises.

— Seulement parce qu'elles échappent à ton contrôle.

Son sarcasme était si près de la vérité qu'elle eut envie de le tuer. Pour qui se prenait-il, à présent ? Pour Ménie Grégoire ?

— Je te déteste.

— Mais non !

— Oh, en ce moment, si !

Il s'assit sur le coin du bureau, montrant du doigt un échantillon de tissu couleur feuille morte.

— Celui-là. Et, pour répondre à ton propos,

tu ne me détestes pas. Ces échanges verbaux nous maintiennent en forme et nous empêchent de nous ennuyer.

Elle repoussa l'échantillon de tissu en question, qui avait été son premier choix.

— Ta surprise, c'est de me maintenir en forme ? Tu crois que je n'ai pas assez d'occupations dans ma vie ?

Elle prit un échantillon de tissu doré. Il secoua la tête et mit le brun feuille morte par-dessus.

— Tu préférerais avoir affaire à un directeur de banque dont chaque action, chaque parole pourraient être prédites une semaine à l'avance ?

Dana leva les yeux au ciel. Il y avait eu une époque où elle aurait dit oui. Mais maintenant, elle *aimait* le caractère imprévisible d'Adam, qu'elle trouvait même stimulant. A condition toutefois qu'elle puisse deviner ce qu'il faisait, ou qu'il l'explique, ou qu'il rende son but évident d'une manière ou d'une autre ! Ainsi, elle se savait assez intelligente pour rester au même niveau que lui. Elle exerçait encore son contrôle sur la situation, elle demeurait en sécurité.

Seulement, cette sécurité appartenait au passé. A présent, il lui fallait comprendre *comment* l'esprit d'Adam fonctionnait. Elle voulait être sûre qu'il n'allait pas prévoir quelque chose qui la ferait pleurer, ou, pire encore, lui donnerait l'impression de le perdre et lui ferait avouer qu'elle l'aimait. Chaque fois qu'il se montrait attentionné, elle devait se retenir pour ne pas lui en faire l'aveu.

— Je préférerais que tu t'arrêtes de siffloter et que tu me consultes avant de faire une surprise.

— O.K., je prendrai cela en considération.

— Parce que mon avis t'importe ?

— Bien sûr. Mais je ne vais pas te révéler maintenant ce dont il s'agit.

Il reprit l'échantillon couleur feuille morte et le lui mit sous le nez.

— C'est la meilleure couleur, et nous le savons tous deux. Peut-être qu'un jour tu arrêteras de te disputer avec moi. Nous formons une très bonne équipe quand nous nous entendons.

Puis il sortit de la pièce.

Elle réfléchit à ce qu'il venait de dire : « Nous formons une très bonne équipe quand nous nous entendons. » Que voulait-il dire ? Quand même pas que... Elle ouvrit de grands yeux.

Puis elle secoua la tête. Cet homme préparait quelque chose.

186

Adam se sentait nerveux.

Non, pas de ça. Il devait se calmer. Il était un homme, il pouvait le faire.

Il pouvait faire face à une poignée de gens qui voulaient le voir mort et écartelé.

Il y eut un bruit à l'arrière de sa voiture. La surprise commençait à s'énerver.

— Qu'est-ce qu'Adam fait ici ? gronda Jack.

— Il est invité, répliqua Dana.

— C'est une fête de famille.

— C'est l'anniversaire de Jess, et *elle* l'a invité. Et puis de toute façon, ajouta-t-elle en regardant son frère dans les yeux, tu ne peux pas continuer à le haïr éternellement. C'est ton ami, pour l'amour de Dieu ! De plus, techniquement, il fait partie de la famille — même si c'est de manière indirecte.

Jack sembla réfléchir posément avant de répondre.

— Quelle sorte de relation avez-vous donc, tous les deux ?

— Pas celle que tu crois.

— Ni celle que tu voudrais avoir ?

— Cela ne te concerne pas vraiment. Mais écoute bien ceci : tu peux considérer Adam comme l'individu infâme qui a rendu ta sœur enceinte lors d'une aventure d'une nuit, mais rappelle-toi qu'il faut se mettre à deux pour faire une telle chose.

— Veux-tu dire que tu voulais être enceinte ?

— Non, ce n'est pas le sens de mes paroles. Mais cela ne s'est pas fait non plus contre ma volonté. Nous nous sommes tous deux laissé entraîner par la tentation du moment. Il n'y a pas de raison de considérer Adam comme l'unique responsable.

— Cela ne te ressemble pas, de le défendre ainsi. Moi qui croyais que tu le prenais pour le rebut de l'humanité !

— A l'évidence, ce n'est pas toujours le cas, ou je ne serais pas enceinte à l'heure qu'il est. Et j'ai appris à mieux le connaître : il a des qualités. S'il était réellement un être ignoble, il ne serait pas resté à mes côtés. Je n'ai pas exigé qu'il fasse quoi que ce soit pour le bébé. Adam est quelqu'un de bien, et tu le sais.

Jack la serra contre lui.

— Je l'ai su bien avant toi.

— Tu as juste choisi de l'oublier récemment.

Tu devrais recommencer à lui parler, tu lui manques...

— Il te l'a dit ?

— Non. Mais s'il passait plus de temps avec toi, il en passerait moins à me rendre folle.

— Tu voudrais te débarrasser de lui ?

— Oh, juste de temps en temps.

Jack hocha la tête.

— Pour le principe, reprit-il, je devrai quand même le frapper.

— Pourquoi ?

— C'est une réaction masculine dictée par de vieux principes. Mais comme c'est un ami, je ne lui donnerai qu'un coup.

— Parce que tu crois qu'il te laissera la possibilité d'en faire plus ?

Jess était ravie.

— Il est pour moi ? Adam, il est vraiment pour moi ?

— Oui ! Bon anniversaire !

Jess entoura de ses bras le labrador.

— Je l'adore. Et toi aussi !

Cette gosse était étonnante, songea Adam, ému plus que de raison. Bien sûr, elle tenait de sa mère...

— Comment s'appelle-t-il ?

— BJ. Ce n'est pas moi qui ai choisi ce nom, il l'avait déjà.

— Ça me plaît beaucoup, je pourrai inventer une suite aux initiales.

Adam regarda en souriant Jess sortir avec le chien par la porte-fenêtre donnant sur le jardin, puis il retourna se joindre aux adultes.

— Adam ! fit Tara au passage. C'est un beau cadeau que tu lui as offert.

— Je crois qu'elle l'apprécie.

— Je te présente les sœurs de Dana, Lauren et Rachel. Mais tu les as déjà rencontrées ?

— Oui, intervint Lauren. La dernière fois, c'était à ton mariage. Dites-moi, Adam, vous êtes intervenu dans la décoration de cette maison, on dirait.

Rachel hocha la tête.

— Je ne sais pas comment vous avez pu persuader Dana d'accepter tous ces changements. Elle peut être si obstinée, parfois...

— Certes.

— Nous avons entendu dire que vous avez passé beaucoup de temps ici, récemment.

— Les nouvelles vont vite, dans cette famille.

190

— Est-ce que vous comptez vous marier ? continua Lauren.

Adam se sentit rougir légèrement.

— Nous n'en avons pas encore discuté.

— Vous avez l'intention de le faire ?

— On ne vous a jamais dit que vous devriez vous engager dans la police ?

— Michael me l'a fait remarquer une ou deux fois.

Il chercha Dana des yeux et la vit à l'autre bout de la pièce, parlant à Jim. Elle n'avait pas vraiment l'air contente. Elle dit quelques mots à Jess par-dessus son épaule, puis la fillette emmena BJ dans le jardin. Il constata que le sourire revenait sur le visage de Dana et sentit la jalousie s'emparer de lui.

— Quelque chose ne va pas ? s'enquit Lauren.

— Non, rien.

Il ne parvint à rejoindre Dana qu'après vingt autres minutes de questions épuisantes. Qu'est-ce qui avait bien pu se passer entre Dana et son ex pendant ce temps...

Quand il la retrouva, elle était dans le jardin, seule.

— Bonsoir, Dana.

— Je me demandais combien de temps il te faudrait pour trouver le courage de venir me voir.

— Tes sœurs ne voulaient pas me laisser partir. Je suis leur grand sujet de conversation.

— Je sais.

Elle arracha une laitue d'un coup de pied rageur.

— Que t'a donc fait ce pauvre légume ?

— Au moins, il n'a pas apporté un chien à ma fille sans en discuter avec moi !

— Ce chien te dérange ?

— C'est surtout Jim qui est froissé. Tu n'aurais pas dû faire cela, Adam. Tu as relégué son père au second plan, le jour de son anniversaire.

— Je ne voulais pas entrer dans une quelconque compétition. Je désirais juste faire plaisir à Jess.

— Vraiment ? Il ne t'est pas le moins du monde venu à l'esprit que ton cadeau serait plus beau que celui de son père ?

En fait, il avait voulu montrer à tout le monde qu'il savait être attentionné, mais rabaisser Jim était un bonus qui n'était pas pour lui déplaire.

— Que lui a-t-il offert ?

192

— Peu importe.

— Si, j'aimerais le savoir.

Il y eut un silence tendu.

— Il lui a offert de l'argent.

— De l'argent ? Il n'a pas fait un gros effort d'imagination !

— Toi, tu lui as apporté un chien. Un ami pour la vie. Comment veux-tu qu'il rivalise avec ce genre de cadeau ?

Adam sentait la colère monter en lui. Pourquoi était-elle incapable de se détacher de cet homme ? Elle ne voyait donc pas ses défauts, pourtant bien réels, alors qu'elle lui en avait inventé à lui-même dès leur première rencontre ?

— Il n'avait qu'à se montrer plus attentionné, se demander ce que Jess désirait réellement.

— Oh, il n'est pas comme toi.

— Je suis heureux que tu le reconnaisses.

Elle ouvrit la bouche pour protester, mais il la recouvrit aussitôt de la sienne. Dans sa colère, elle essayait de se débattre, mais sans grande énergie ni détermination. Finalement, elle se serra contre lui et passa ses bras autour de son cou.

Le baiser se fit plus doux. Il laissa ses bras glisser autour de la taille de Dana.

Après un long moment, celle-ci reprit la parole.

— Ce baiser ne te donne pas raison dans ce que tu as fait.

— Que veux-tu exactement que je fasse ? Que je m'excuse auprès de Jim ?

— Ce serait peut-être une bonne idée. Tu lui as enlevé quelque chose aujourd'hui.

— Cela t'importe encore ?

— Je ne peux rien y changer, Adam. C'est son père. C'est lui qui est censé faire sourire Jess. Je ne peux pas accepter que quelqu'un lui prenne cela. Et tu l'as fait aujourd'hui.

Le coup le fit vaciller.

— Je te le devais, celui-là, dit Jack.

Adam posa la main sur sa lèvre qui saignait.

— Décidément, aujourd'hui, je ne peux pas échapper à la famille Lewis.

— C'est juste un seul coup. Pour ce que tu as fait derrière mon dos.

Adam hocha la tête. Il s'y attendait, il souhaitait même que ce coup vienne le plus tôt possible, pour préserver leur amitié. Mais ça faisait un peu beaucoup pour la journée.

Il s'était éloigné de Dana pour tenter de digérer

le fait qu'elle était toujours amoureuse de Jim, et ce coup lui était tombé dessus avant qu'il ait pu avoir cinq secondes à lui.

— On en reste là ?

— Oui, dit Jack, à moins que tu aies fait autre chose que j'ignore.

— Tu n'es pas en colère à cause du chien, toi aussi ?

— Le chien ? Je ne comprends pas.

— Laisse tomber. Bon, je crois que je méritais ce coup-là.

— Tu aurais dû tout me confier dès le début. Ne sommes-nous pas amis ?

— Oui. J'aurais dû t'en parler. Tout devient si compliqué…

— Tu t'es disputé avec Dana ?

— Oui.

— A propos du chien, je crois deviner ?

— J'ai fait passer Jim pour un mauvais père en offrant à Jess un plus beau cadeau que lui.

— Jim n'a pas besoin qu'on le fasse passer pour un mauvais père, il y arrive très bien tout seul !

— Ce n'est pas ce que Dana semble croire !

— Dana se préoccupe de Jess. Elle veut que sa fille garde une bonne opinion de son père,

195

c'est tout ! En plus, tu ne savais pas que Jim est allergique aux chiens ?

— Dana aurait pu me le dire.

— C'est cela qui te fait bouder ?

— Je ne boude pas, j'essaye de rassembler mes forces.

— A t'entendre, ta relation avec Dana ressemble à une opération militaire.

— Il y a de cela.

— T'es-tu demandé pourquoi cela avait tant d'importance pour toi ?

— C'est clair, me semble-t-il.

— Il faut parfois un certain temps pour voir clair. Je me souviens que, dans mon cas…

— Cela a dû être plus facile.

— Pourquoi ?

— Tara n'était pas amoureuse d'un ex-mari.

Jack ouvrit de grands yeux.

— Tu crois réellement que Dana l'aime encore ?

— J'en ai bien l'impression.

— Tu te trompes.

— Alors pourquoi une telle colère à propos de ce chien ?

— Je te l'ai dit, Dana veut préserver l'image de Jim auprès de sa fille. Si elle te laissait faire, il

196

ne te faudrait pas longtemps pour faire prendre conscience à Jess de tous les défauts de son père. Or, elle ne veut pas qu'il passe pour le dernier des crétins, en tout cas, pas auprès de la petite. D'autant plus que toi, tu sais très bien voir ce dont les gens ont besoin. C'est ce qui a fait de toi un excellent associé en affaires. Ce n'était qu'une question de temps avant que cela ne déborde sur ta vie privée.

— Si c'est un tel crétin, pourquoi l'a-t-elle épousé ?

— L'histoire de notre famille est longue et complexe. Je crois que Dana voulait créer le foyer que nous n'avons jamais connu. Elle tenait beaucoup à se marier, et Jim a été le premier à le lui proposer. A moins que ses raisons n'aient été différentes... Tu as essayé de lui poser la question ?

— Non.

— Ou de lui dire ce que tu éprouves ?

— J'y viens. J'ai un plan.

— Oh, dans ce cas...

Adam y réfléchit de nouveau. Il eut un sourire mi-figue, mi-raisin en songeant qu'il reproduisait exactement le comportement qu'il avait critiqué chez Dana : vouloir tout contrôler, rester toujours maître de tout. La vie n'était pas comme cela, parfois il fallait savoir prendre des risques.

Il secoua la tête.

— Etre célibataire était bien plus simple, gémit-il.

— Je sais, répondit Jack. Mais être mari et père offre aussi quelques joies.

12.

Pourquoi n'avait-elle pas connu Adam avant de rencontrer Jim ?

La question s'était imposée à l'esprit de Dana lorsque ce dernier était entré dans la cuisine, vingt bonnes minutes après sa conversation avec Adam.

Si seulement elle avait pu rencontrer quelqu'un qui ait autant de cœur, autant de générosité qu'Adam ! Un homme avec de telles qualités, et en même temps une virilité qui maintienne tous ses sens en éveil. Un tel homme pourrait lui procurer le bonheur pour le reste de sa vie.

Mais c'était Jim Taylor qu'elle avait rencontré puis épousé. Elle avait cru qu'il la rendrait heureuse, qu'il lui apporterait ce que sa mère n'avait pas connu. Elle avait voulu être une épouse parfaite, une mère parfaite, édifiant un foyer parfait. Quand son mariage s'était mis à battre de l'aile, elle s'était donné du mal pour redresser la situation. Sans succès. Il avait fallu se résoudre à l'inévitable.

Depuis le divorce, elle avait tout fait pour que Jess revoie, au moins à Noël et le jour de son anniversaire, un père exemplaire. Elle ne voulait pas que sa fille souffre à cause de l'erreur de sa mère. Mais à chaque nouvelle année qui passait, maintenir l'image de bon père de Jim devenait un peu plus difficile — parce que sa fille gagnait en discernement. C'était comme si elle voulait la faire croire le plus longtemps possible au Père Noël. Cette fois, c'était ce chien qui remettait tout en question.

Adam, par contre — qu'il en soit conscient ou non —, allait faire un excellent père.

Elle regarda Jess et ses cousins lancer un bâton pour que BJ le rapporte. Le jeune chien exprimait une joie contagieuse. Elle se demanda si Adam l'avait choisi pour cela.

— Il va falloir que tu t'en débarrasses.

— Du chien, ou de ta fille ?

— Tu sais parfaitement ce que je veux dire.

— Oui, et ce chien restera ici. Il me suffit de voir la joie sur le visage de Jess pour comprendre que j'aurais dû lui en acheter un depuis longtemps.

Jim se plaça entre Dana et la fenêtre.

— Tu sais que je suis allergique, donc il faudra s'en débarrasser.

— Je sais surtout que tu n'habites pas ici, alors ce ne sont pas tes affaires.

Jim eut l'air stupéfait et ouvrit de grands yeux.

— Tu es surpris que je ne me laisse pas faire ? commenta Dana. Ce n'est pas mon genre ? Depuis notre séparation, j'ai essayé d'être la plus accommodante possible avec toi, pour le bien de Jess. J'ai tout fait pour qu'elle garde la meilleure image possible de toi. Malheureusement, tu es aussi mauvais père que tu étais mauvais mari. Je ne peux rien y changer, et ce n'est pas faute d'avoir essayé.

Il resta quelques instants silencieux.

— Peut-être aurais-je été un meilleur mari si tu avais été une meilleure épouse, grommela-t-il.

Il voulait lui faire porter la responsabilité de leur échec ? C'était tellement prévisible de sa part. Mais elle en avait assez. Jim n'avait pas changé, mais elle-même avait cessé, sous l'effet de ces querelles, d'être une personne qui profitait de la vie pour devenir quelqu'un qui ne prenait plus jamais de risque. Toutes ces disputes avaient fini par la fatiguer. Mais pas au point de ne plus se défendre.

— Tu n'as pas le droit de dire cela. Tu sais que ce n'est pas vrai. J'ai fait de gros efforts, bien après que tu aies pris la décision de nous quitter.

— Peut-être serais-je resté plus longtemps si tu n'avais pas été obsédée par le désir d'avoir un autre bébé. Si tu t'étais donné plus de mal pour être une bonne épouse, cela aurait pu sauver notre mariage.

Cette mauvaise foi la mettait mal à l'aise. Sa réaction fut plus lente que d'habitude. C'était comme si des années d'épuisement la rattrapaient brusquement. Elle se sentait même un peu fiévreuse, mais cela s'expliquait, avec tous les préparatifs pour l'anniversaire…

— Non, Jim, et ce que tu dis montre bien à quel point tu n'as jamais rien compris. J'ai consenti de gros efforts pour être une bonne épouse. Je l'ai fait pour essayer d'obtenir la famille que je n'avais jamais connue. Seulement, je n'ai pas choisi l'homme qu'il fallait.

— Oh, et je suppose que tu l'as trouvé, cette fois ?

— Exactement.

202

— Voilà qui est agréable à entendre, commenta la voix d'Adam.

Dana se retourna soudain pour découvrir celui-ci appuyé dans l'embrasure de la porte.

— Depuis combien de temps écoutes-tu ?

— Depuis que tu as dit que le chien resterait.

— On ne doit jamais écouter aux portes.

— Je le croyais aussi, jusqu'à ces dernières minutes… Monsieur Taylor, je pense que vous avez vraiment besoin d'une bonne correction. J'ai très envie de vous l'administrer.

— Il te poursuivra en justice, Adam.

— Cela en vaudrait la peine.

Dana remarqua la petite tache de sang sur la bouche d'Adam.

— Qu'est-il arrivé à ta lèvre ?

— Oh, c'est Jim qui m'a frappé. Ce n'est rien.

Dana recula pour qu'il puisse s'asseoir à la table.

— Je suis pardonné pour le chien ? demanda Adam.

— Non, interrompit Jim. Je croyais qu'on vous avait fait comprendre qu'il fallait vous mêler de vos affaires.

— As-tu besoin de mon aide ? demanda Adam.

— Non, ça ira, répondit-elle.

— L'image de la famille unie, ricana Jim. Nous verrons bien ce qui en restera quand elle aura perdu le bébé.

Adam se leva, empoigna Jim et le plaqua contre le mur.

—Je ne vais pas vous frapper maintenant, monsieur Taylor, parce que c'est l'anniversaire de votre fille, et je ne voudrais pas qu'elle voie son père partir dans une ambulance. Il y a peut-être une bonne raison pour que vous soyez aussi ignoble. Quelle qu'elle soit, je vous conseille de l'oublier et de cesser de parler ainsi à votre ex-femme. Sinon, c'est à moi que vous aurez affaire.

— Adam ! appela Dana.

— Et je vous garantis que vous le regretterez.

— Adam ! insista Dana.

Il se retourna pour la voir pliée en deux, le visage crispé par la douleur.

Presque toute la famille Lewis les accompagna à l'hôpital. Seule Rachel resta pour s'occuper des enfants.

Adam passa une heure à faire les cent pas dans la salle d'attente, réfléchissant à ce qu'il ferait ensuite.

204

Au moins, à présent, la famille Lewis était de son côté.

Les yeux de Dana s'ouvrirent lentement. Elle découvrit qu'elle était dans une chambre d'hôpital. Oh, mon Dieu, non. Pas encore une fois.

Le visage d'Adam était penché sur elle.

— Je suis désolée, murmura-t-elle.

— De quoi ? D'être tombée malade ? Ce n'est pas ta faute.

— Je suis désolée d'avoir perdu le bébé. J'en ai trop fait aujourd'hui.

Il l'embrassa et chuchota doucement :

— Rassure-toi. Tu ne l'as pas perdu.

— Non ?

— Non. Ce n'est qu'une infection rénale.

Dana demeura stupéfaite, cherchant ses mots, comme si elle ne comprenait pas.

— Une infection rénale ? Tu es sérieux ?

— On ne peut plus sérieux, quand il s'agit de la femme que j'aime.

— Je n'ai donc pas perdu notre bébé ?

— Non. J'aime beaucoup le fait que tu parles de *notre* bébé, ma chérie.

La joie se répandit en elle.

— Je n'ai pas perdu notre bébé ? Je suis toujours enceinte ?

— Oui. Par contre, tu as une sévère infection. Mais le médecin a dit que tu t'en sortirais, il t'a prescrit des antibiotiques.

— Des antibiotiques ? répéta-t-elle avec angoisse.

— Oh, il n'y a pas de danger pour le bébé. J'ai posé la question.

— Qu'est-ce que tu as dit ?

— Que les antibiotiques sont sans danger.

— Non, avant cela.

— A quoi fais-tu allusion ?

— Tu as dit « la femme que j'aime ».

— J'ai dit cela ?

Dana hocha la tête.

— Tu te rends compte, reprit Adam, que tu vas devoir m'épouser, maintenant ?

Dana le fixa avec des yeux ébahis.

— Je ne vais pas t'épouser à cause de notre bébé, Adam.

— Non, tu vas m'épouser parce que je t'aime.

— Non, ce n'est pas possible !

— Mais si !

— Non, tu te figures cela parce que nous allons

avoir ce bébé ensemble, et que nous avons eu la peur de notre vie en croyant le perdre !

— Mais ce n'est pas le cas.

Elle scruta son visage avec incrédulité. Il ne devait pas se rendre compte de ce qu'il disait. Elle cherchait des signes révélateurs de mensonges. Tout ce qu'elle pouvait voir dans ses yeux verts, c'était la sincérité et… quelque chose d'autre.

Elle secoua la tête.

— Non, si nous avions perdu ce bébé, tu ne dirais pas cela maintenant.

— Tu as raison.

La déception envahit le cœur de Dana — en dépit du fait que c'était elle qui avait nié cet amour.

— Tu ne m'aimes pas, Adam.

— Au contraire. Mais si tu avais perdu le bébé, je ne serais pas en train de parler de mariage à présent. Je serais incapable de dire un mot. Cela me ferait trop mal.

La voix d'Adam se fit douce, presque hypnotique.

— Ne te mets pas en colère à cause de ce que je vais te dire.

— Ce n'est pas mon intention.

— Bien. Si tu avais perdu ce bébé, j'en aurais voulu un autre avec toi.

207

Elle appuya sa tête contre la poitrine d'Adam, ce qui lui permit de mieux cacher les larmes qui lui montaient irrésistiblement aux yeux.

— Je voudrais des dizaines d'autres bébés avec toi, après celui-ci.

Il baissa les yeux vers son visage.

— Ne pleure pas.

— Je ne pleure pas, j'écoute. Tu en étais à « des dizaines de bébés ».

— Oui, c'est ce que j'ai dit. Même si je dois admettre que c'est probablement à cause de toi que j'ai commencé à me comporter en célibataire endurci.

— Pardon ?

— Je crois que j'ai ressenti de l'amour pour toi dès que je t'ai vue. Je ne pouvais pas cesser de te regarder. J'ai même lourdement insisté auprès de Jack pour qu'il nous présente. Mais tu t'es aussitôt mise à me traiter comme si j'avais la gale.

Dana se sentit rougir.

— Alors j'ai essayé de t'oublier en multipliant les conquêtes. J'ai découvert que j'y réussissais bien. Cela avait ses avantages : pas d'attaches, pas de responsabilités. Jusqu'à ce que tu te mettes à travailler avec moi. Il allait bien falloir, tôt ou tard, que j'admette la vérité.

— Alors tu penses vraiment être amoureux de moi ?

— Oui.

— Tu en es bien sûr ?

— Ecoute-moi bien, ma chérie. Je t'aime. Tu peux en discuter jusqu'à notre cinquantième anniversaire de mariage si tu veux, mais tu vas devoir vivre avec moi. Cela ne fait-il pas des semaines que je tente de te le faire comprendre ?

— Oui, mais je croyais que c'était à cause de…

— Je sais. Au début, je le croyais aussi moi-même. Seulement, j'ai passé du temps avec Jess et toi, et j'ai peu à peu réalisé où je voulais vraiment être. Vous êtes ma famille, maintenant.

Il l'embrassa de nouveau.

— Epouse-moi.

— Le mariage ne m'a pas toujours bien réussi.

— Uniquement parce que tu n'as pas épousé l'homme qu'il fallait.

— Tu penses que j'ai un caractère à vouloir tout contrôler, sans rien laisser échapper.

— C'est vrai. Mais je t'aime comme tu es. Du reste, nous avons des défauts qui se compensent bien. Nous sommes complémentaires. Epouse-moi donc, Dana.

— Tu veux me prendre comme épouse avec mon caractère, un nouvel enfant, ma fille de onze ans et un chien ? Devenir père de famille ?

— Oui, absolument. Epouse-moi, tout simplement.

Elle le fixa droit dans les yeux.

— Et si je ne t'aime pas ?

— Alors tu devras passer chaque jour à te convaincre que je suis celui qu'il te faut. Je suis quelqu'un de très bien, tu sais. Ma mère ne cesse de me le répéter.

Les larmes de Dana firent place au rire.

— Je veux bien le croire. Et malgré le risque de faire enfler ta tête encore plus, j'ajouterai qu'elle a raison.

— Alors comment peux-tu envisager autre chose que de m'épouser ?

— Nous allons devoir en discuter, dit-elle en souriant, mais je t'aimerai pendant le restant de mes jours, Adam. Sincèrement. Je n'ai jamais ressenti quelque chose de semblable avant. Cela a dû commencer il y a longtemps, ou je crois que je ne serais jamais devenue enceinte.

Ils échangèrent un long regard. Puis Adam se pencha et l'embrassa doucement.

Quand leurs lèvres se séparèrent, l'amour faisait briller les yeux de Dana.

— Ce pauvre petit bébé… Que puis-je faire pour lui rendre la vie meilleure ?

— M'épouser ?

— Si tu insistes… Tu aurais pu me le demander depuis un moment, et la réponse aurait sans doute été oui. Il t'aurait fallu peu de persuasion.

Il prit un air pince-sans-rire.

— Si c'est encore un tour que tu essaies de me jouer…

Épilogue

— C'est une fille !

Il y eut un chœur de félicitations et de sourires, à mesure que chaque membre de la famille Lewis s'avançait pour donner une accolade à Jack.

— Et Tara ? demanda Tess.

— Fatiguée, mais tout va bien. Elle dit que si j'ose encore la toucher pour lui en faire un autre, je suis un homme mort, mais à part cela…

— Elle changera d'avis, ne t'en fais pas.

— Oui, ajouta Adam. Après tout, qui pourrait résister au besoin de faire des enfants ?

— Tu vas bien voir, répondit Jack. C'est toi le prochain.

— Je peux difficilement attendre.

— *Lui* ne peut pas attendre, corrigea Dana. Moi, je sais ce qui va se passer. Félicitations ! ajouta-t-elle en embrassant son frère sur la joue. Nous sommes si contents pour vous deux.

Jack se pencha vers Dana pour lui chuchoter à l'oreille :

— Finalement, tout est bien qui finit bien, pour toute la famille.

— Oui, répondit-elle, les yeux embués de larmes.

— Comment ? On ne fait pas pleurer mon épouse, s'interposa Adam. Je vais devoir veiller à ce que cela n'arrive plus. Le bébé est à la nurserie ?

Jack hocha la tête.

— Ils ont emmené Tara pour qu'elle dorme un peu. Je vais passer la voir avant d'aller me reposer.

Adam entraîna Dana vers le couloir, jusqu'à la grande baie vitrée de la nurserie. Il n'y avait que peu d'occupants, aussi ne fut-il pas difficile de trouver la couverture rose couvrant leur nouvelle nièce.

— Regarde, murmura-t-il. Elle est minuscule.

— C'est la taille des bébés qui naissent, Dieu merci. C'est déjà assez douloureux comme ça.

— Cela en vaut la peine, cependant.

— Bien sûr, chuchota-t-elle.

Elle était amusée par l'enthousiasme d'Adam. Il attendait avec impatience d'être père, avec plus d'excitation qu'elle n'aurait cru possible. C'était étonnant, stupéfiant. Elle ne l'en aimait que plus. Elle observa leur image, reflétée par la vitre. Ils avaient l'air heureux. Peut-être tout simplement parce qu'ils l'étaient ? Avec Adam, elle avait trouvé la pièce manquante du puzzle — même s'ils avaient tout fait à l'envers.

Elle baissa les yeux sur ses mains posées sur son ventre. Leur tour allait venir d'ici peu de temps. Elle avait passé la période critique pour elle dans le passé, et chaque jour supplémentaire renforçait sa certitude de mener sa grossesse à son terme. Ils allaient avoir ce bébé.

— Tu penses à quelque chose.

— Je pense toujours à quelque chose. Je suis une femme très intelligente.

— Je sais, tu l'as prouvé en m'épousant.

— Oui, en effet.

— Officiellement, nous sommes encore de jeunes mariés. Donc, nous devrions nous trouver chez nous.

— Tu veux dire… en train de chercher de quelle manière Jack et Tara ont pu avoir un bébé ?

— Oui.

— Alors tu veux qu'on rentre à la maison ?

— Oui, madame Donovan, c'est exactement ce que je désire.

214

La veille, ils avaient emménagé dans une grande maison située non loin du bureau, et c'était à présent leur foyer. A cette pensée, Dana dut refouler ses larmes. Ce n'étaient pas les hormones, cette fois.

— Tu pleures encore ?

— Je n'y peux rien si je suis heureuse.

— Tant que tu ne pleures pas pendant quarante ans...

— Il n'y a pas de danger.

— Je t'aime, tu sais. Même si tu as un caractère bien particulier.

— Je t'aime aussi. Avec toi, ma vie est enfin devenue ce que j'ai toujours voulu qu'elle soit.

— Même si nous n'avons pas fait les choses dans l'ordre ?

— Peu importe, c'est le résultat final qui compte.

— Je suis d'accord.

Il l'embrassa et lui sourit.

— Le piège s'est refermé, dit-il, et il fait bon y être pris.

Le nouveau visage
de la collection Or

◆

AMOURS D'AUJOURD'HUI

Afin de mieux exprimer sa modernité et de vous séduire encore davantage, votre collection Or a changé de couverture et de nom depuis le 1er mars 1995.

Rassurez-vous, les romans, eux, ne changent pas, et vous pourrez retrouver dans la collection **Amours d'Aujourd'hui** tous vos auteurs préférés.

Comme chaque mois, en effet, vous y attendent des héros d'aujourd'hui, aux prises avec des passions fortes et des situations difficiles...

**COLLECTION
AMOURS D'AUJOURD'HUI :**
Quand l'amour guérit des blessures de la vie...

Chère lectrice,

Vous nous êtes fidèle depuis longtemps?
Vous venez de faire notre connaissance?

C'est pour votre plaisir que nous avons
imaginé un rendez-vous chaque mois
avec vos auteurs préférés, vos
AUTEURS VEDETTE dans les
collections Azur et Horizon.

**Les AUTEURS VEDETTE vous
donneront rendez-vous pour de
nouveaux livres vedette.**

Pour les reconnaître, cherchez
l'étoile... Elle vous guidera!

Éditions Harlequin

HARLEQUIN

LE FORUM DES LECTEURS ET LECTRICES

CHERS(ES) LECTEURS ET LECTRICES,

VOUS NOUS ETES FIDÈLES DEPUIS LONGTEMPS?

VOUS VENEZ DE FAIRE NOTRE CONNAISSANCE?

SI VOUS AVEZ DES COMMENTAIRES, DES CRITIQUES À
FORMULER, DES SUGGESTIONS À OFFRIR, N'HÉSITEZ
PAS… ÉCRIVEZ-NOUS À:
      LES ENTERPRISES HARLEQUIN LTÉE.
      498 RUE ODILE
      FABREVILLE, LAVAL, QUÉBEC.
      H7R 5X1

C'EST AVEC VOS PRÉCIEUX COMMENTAIRES QUE NOUS
ALLONS POUVOIR MIEUX VOUS SERVIR.

DE PLUS, SI VOUS DÉSIREZ RECEVOIR UNE OU
PLUSIEURS DE VOS SÉRIES HARLEQUIN PRÉFÉRÉE(S)
À VOTRE DOMICILE, NE TARDEZ PAS À CONTACTER LE
SERVICE D'ABONNEMENT; EN APPELANT AU
(514) 875-4444 (RÉGION DE MONTRÉAL) OU 1-800-667-4444
(EXTÉRIEUR DE MONTRÉAL) OU TÉLÉCOPIEUR
(514) 523-4444 OU COURRIER ELECTRONIQUE:
AQCOURRIER@ABONNEMENT.QC.CA OU EN ÉCRIVANT À:
      ABONNEMENT QUÉBEC
      525 RUE LOUIS-PASTEUR
      BOUCHERVILLE, QUÉBEC
      J4B 8E7

MERCI, À L'AVANCE, DE VOTRE COOPÉRATION.

BONNE LECTURE.

HARLEQUIN.

VOTRE PASSEPORT POUR LE MONDE DE L'AMOUR.

ROUGE PASSION

De fiévreuses histoires d'amour sensuelles!

De provocantes histoires d'amour passionnées et romantiques qu'on lit d'une seule traite. Aventureuses, parfois humoristiques, et sensuelles, elles mettent en vedette des hommes et des femmes d'aujourd'hui.

**ROUGE PASSION...
trois nouveaux titres
chaque mois.**

HARLEQUIN

Lisez Rouge Passion pour rencontrer L'HOMME DU MOIS!

Chaque mois, vous rencontrerez un homme **très sexy** dans la série Rouge Passion.

On peut distinguer les livres L'HOMME DU MOIS parce qu'il y a un très bel homme sur la couverture! Et dedans, vous trouverez des histoires écrites selon le point de vue de l'homme et de la femme.

Les livres L'HOMME DU MOIS sont écrits par les plus célèbres auteurs de Harlequin!

Laissez-vous tenter avec L'HOMME DU MOIS par une histoire d'amour sensuelle et provocante. Une histoire chaque mois disponible en août là où les romans Harlequin sont en vente!

69 L'ASTROLOGIE EN DIRECT
TOUT AU LONG
DE L'ANNÉE.

(France métropolitaine uniquement)
Par téléphone 08.92.68.41.01
0,34 € la minute (Serveur JET MULTIMÉDIA).

Composé et édité par les
*éditions*Harlequin
Achevé d'imprimer en janvier 2006

BUSSIÈRE

GROUPE CPI

à Saint-Amand-Montrond (Cher)
Dépôt légal : février 2006
N° d'imprimeur : 53099 — N° d'éditeur : 11906

Imprimé en France